FRA LE NEBBIE DEL PASSATO

Arturo Issel

Texte et illustration de couverture : © domaine public
Edition : Culturea (Hérault, 34)
Contact : infos@culturea.fr
Retrouvez notre catalogue sur http://culturea.fr
Imprimé en Allemagne par Books on Demand
Design typographique : Derek Murphy
Layout : Reedsy (https://reedsy.com/)

Dépôt légal : janvier 2023
Tous droits réservés pour tous pays

ISBN : 9791041843541

FRA LE NEBBIE

DEL PASSATO

CACCIE, BATTAGLIE E AMORI DEGLI ANTICHI LIGURI

AL

PROF. LUIGI PIGORINI

SENATORE DEL REGNO

DIRETTORE DEL R. MUSEO ETNOGRAFICO

E PREISTORICO DI ROMA

Caro Amico,

mi permetto di licenziare alle stampe, sotto i tuoi auspici, un componimento bizzarro, nel quale furono insieme contesti, in una tela immaginaria, antiche tradizioni, oscure leggende e documenti positivi, in gran parte desunti dalla nostra disciplina prediletta, la paletnologia, e che si riferiscono alla mia terra madre, la Liguria.

Non risulterà disdicevole, eterogenea la commistione di materiali così disparati? Non mi farai carico di qualche anacronismo, che mi parve imposto da criteri letterari? In breve, non sarà questo un vano tentativo immeritevole di suscitare l'attenzione del lettore?

Qualunque sia il tuo responso, questo saggio mi avrà fornito una gradita occasione di porgerti un omaggio affettuoso. Inoltre mi sarà stato di efficace sussidio per sottrarre, durante alcuni mesi, l'animo mio alle dolorose preoccupazioni che l'assillavano, mentre l'Italia nostra attraversava un tragico periodo per fatto della guerra nobilissima che strenuamente combatteva a prò dei più alti ideali di umanità e di giustizia.

Mi confermo intanto con tutto il cuore tuo

ARTURO ISSEL

I Precursori.

Nel fitto di una densa foresta una famiglia di selvaggi nudi ed inermi fugge atterrita dinanzi alla bufera che imperversa colla massima violenza: le nubi occultano la luce del giorno, il vento sibila, schiantando le piante e travolgendo virgulti e fogliame, guizzano vivide saette con tuoni fragorosi e cade una pioggia diluviale, mista di grandine. I miseri cercano rifugio nel cavo di una rupe, ma ecco d'un tratto comparire una iena famelica, che fiuta la preda. Uno di loro, stimolato dalla paura, raccoglie una selce per farsene un'arme, e, per meglio conseguire l'intento, la rende tagliente scheggiandola con altra pietra. Munito di questa difesa, egli affronta la belva, la ferisce e la mette in fuga.

Rinnovando il medesimo artifizio, quei tapini improvvisavano nuove armi affine di respingere ulteriori assalti. Nel percuotere la selce, avvenne che si sprigionassero scintille e mettessero fuoco alle stoppie; così coloro che fabbricarono i primi rozzi manufatti, furono indotti a suscitare di proposito la fiamma che doveva servire a riscaldarli, ad allontanare non solamente le iene, ma ancora i leoni, i leopardi, i lupi che infestavano quel territorio. Più tardi quel fuoco sarà adoperato alla cottura degli alimenti.

Non appena cessato il pericolo, il capo della famiglia pensò di procacciare a se ed ai suoi un asilo più sicuro di quello che gli fosse offerto dal temporario rifugio e, recisi colla selce tagliente alcuni rami d'albero, si diede a costruire una capanna primitiva, che fu poi coperta di fronde e di pelli.

Costoro, che abbiamo veduti in preda alle intemperie e insidiati dalle fiere, sono uomini o non piuttosto bruti?

I suoni gutturali che fanno sentire per esprimere il timore, il piacere, l'ira, per comunicare l'uno all'altro qualche idea rudimentale, già sono propriamente voci articolate. Nella loro dura cervice già si accumulò l'esperienza di molte generazioni; perciò, malgrado la bassa statura, l'esilità degli arti, il capo straordinariamente allungato, le mascelle protratte, i robusti canini sporgenti, che accusano le origini bestiali, assursero alla dignità di creature umane. Dai primi e lenti progressi compiuti germoglierà una meravigliosa evoluzione fisica ed intellettuale.

Quante migliaia d'anni trascorsero sull'ala del tempo dopo gli episodi coi quali ho iniziato il mio racconto?

Molte di certo, ma chi saprebbe noverarle? I discendenti della misera famiglia, che abbiamo veduta in lotta contro le intemperie e perseguitata dalle belve, sono omai uomini vigorosi, alti e prestanti della persona, atti a sfidare con energia i pericoli e a tollerare i disagi; poco rimane nel loro corpo e negli atteggiamenti dei pristini caratteri animaleschi.

Loro rifugio contro il mal tempo è la caverna, la quale, quando avranno cessato di vivere, accoglierà le loro spoglie, che saranno composte con reverenza, per il lungo sonno, dai superstiti, e corredate di armi, ornamenti e talismani nella previsione di una vita futura. Il clima caldo ed asciutto, paragonabile a quello che ora regna nel cuore dell'Africa tropicale, consente a costoro di vivere anche all'aria aperta. Come i selvaggi di quella regione, sono dediti alla caccia, e, mediante astuti accorgimenti, sanno impadronirsi del rinoceronte, dell'elefante, dell'orso speleo, ed affrontano senza ambage, a viso aperto il leone e il leopardo delle caverne, e li vincono, trafiggendoli colle loro zagaglie munite di punte d'osso o mercè i pugnali di selce di cui vanno costantemente armati.

Ricercano con cura, lungo la riva del mare, le conchiglie dai vivi colori per fregiarsene il capo e gli arti, e, affine di spaventar il nemico, in guerra, si tingono il volto di rosso. Coprono d'ocra i cadaveri dei loro cari ed accendono il fuoco accanto ai tumuli, allo scopo di allontanare gli spiriti maligni.

Dopo molti e molti secoli noi ritroviamo la famiglia primitiva convertita in tribù. I suoi componenti acquistarono omai caratteri fisici ed intellettuali, che li rendono assai diversi e più nobili dei progenitori.

L'ambiente in cui costoro esercitano la loro attività non e più la selva, ma una landa nevosa, limitata da alte montagne, nelle cui valli sono incastonati immani ghiacciai, come gemme in un monile, ghiacciai che alimentano spumosi torrenti. Nella valle della Roia, la Rutuba dei Romani, scendeva una lingua di ghiaccio che traeva le sue origini dai fianchi dell'Abisso, del Bego, del Becco Rosso. L'Argentera, il Clapier, il Pizzo d'Ormea e il Mongioie erano in gran parte coperti da un candido manto; né mancavano fiumi irrigiditi dal freddo nei bacini superiori della Nervia, dell'Argentina, del Tanaro, mentre altri minori si irradiavano dal Settepani e dall'Ermetta, e, più ad oriente, dal Misurasca, dal Penna e dall'Aiona.

Un cielo di piombo incombeva allora, quasi costantemente, su tutta la Liguria e ne risultavano acquazzoni e sopratutto nevi assai copiose. Solo più tardi, mentre la precipitazione si traduceva in pioggie diluviali, si sprigionarono i venti che sollevarono le arene del Capo Mele e del monte Caprazoppa. Il clima si manteneva meno aspro in riva al mare, ove, perciò, si stabilirono i primi aggregati umani, divenuti più tardi villaggi e città.

Si ode da lungi il cupo barrito dell'elefante lanoso, dai lunghi velli rossicci, dalle zanne formidabili. Il mostruoso pachiderma è rimasto impigliato in una trappola e non riesce a svincolarsi. Ben presto la tribù di aborigeni, che ha predisposto l'insidia, lo circonda, lo assale, prima coi dardi poi colle aste, e in tanti modi lo ferisce, lo dilania, finchè cessa in lui ogni segno di vita.

Morto l'elefante, i cacciatori si abbandonano ad una ridda selvaggia, poi si danno con meravigliosa destrezza a scuoiarlo, a dividerne ed abbrustolirne le carni: distaccate lungo i fianchi lacinie sanguinolente, le tendono sopra ramoscelli d'albero privi di foglie, al di sopra di bragia ardente; cuociono del pari le quattro zampe, e pezzi della lunga proboscide recisa, per apprestare un pasto gradito alla tribù. Poscia avidamente si cibano, impazienti di saziare la fame che li tormenta.

Ben più evoluti di quei miseri abitanti della selva, loro precursori, di cui ho descritto i primi passi, sono prestanti della persona, agili, vigorosi ed hanno contratto l'espressione rude e fiera di gente avvezza a sfidar le intemperie e ad affrontar le belve. Dotati di una vera favella, sanno comunicarsi a vicenda sentimenti, desideri, propositi, in armonia col loro modo di vivere; possiedono in breve le facoltà, per le quali un incessante progresso li porrà in grado di signoreggiar la natura.

La Riviera Ligure occidentale durante i primi albori della storia.

Gli avvenimenti che sono in procinto di narrare hanno per protagonisti i tardi nipoti dei selvaggi cui accennai da principio e dei loro discendenti, cacciatori di mammut. Il paese in cui si svolsero le loro vicende è il medesimo che fu teatro dei primi episodi testè adombrati, vale a dire la Riviera Ligure di ponente, e in ispecie quella parte di essa che comprende attualmente i territori di Final Marina e d'Albenga e digrada a tramontana fino al crinale dei monti, culminando al Settepani e al Monte Carmo.

Ma quanto diverso dall'attuale era l'aspetto di questo paese! Se, a ponente, si estendeva, come adesso, la vasta pianura alluviale del Centa e dei suoi tributari, se, lungo il lido di Noli, torreggiava come al presente, l'imponente ed anfrattuoso promontorio che si specchia sulle limpide acque del mare sottoposto; se, nel Finalese, sorgevano balze tagliate a picco e s'insinuavano fra queste, come al dì d'oggi, profonde e tortuose forre, se ovunque sulla riva rupestre e sul fianco delle valli si addentravano quelle tenebrose grotte, nelle quali dovrò introdurre il lettore, mancavano del tutto città, villaggi e casolari sparsi, che danno vita al paesaggio. Invano si sarebbe cercato un campo di grano, un orto, un frutteto, un giardino.

Sui fianchi dei monti ed entro le valli e i burroni si addensavano folte boscaglie e inestricabili cespugli, che scendevano fino al battente del mare lungo le spiaggie, tra le rupi della riva e nel letto dei torrenti, in allora assai più ricchi d'acque. In basso dominavano quercie, olmi, ontani, salici, pini, a mezza costa, frassini, tigli, cornioli, e, superiormente, faggi, betulle, larici e abeti.

Il clima stesso, più rigido, più umido e piovoso, assai differiva dal nostro, e non avrebbe consentito alla terra il rigoglio della vegetazione meridionale e gli svariati prodotti delle colture, che ora la rendono così ridente.

Allorchè la Liguria fu teatro degli avvenimenti che sto per raccontare era appena cominciata la primavera, e i Sabazi non avevano ancora disertato le caverne e le arme, situate presso il lido, nelle quali solevano passar l'inverno, per ridursi invece sulle montagne durante la stagione estiva. Quantunque la temperatura fosse mitigata, il suolo era ancora coperto del suo manto invernale, che rendeva malagevoli le cacce, dalle quali ritraevano gran parte del loro sostentamento, cui provvedeva nel rimanente la pastorizia.

La caccia.

Da qualche tempo gli armenti, quantunque custoditi da pastori ben armati e da buon numero di cani, erano decimati durante la notte, da misteriosi predoni. Le orme, le tracce sanguinose, i bioccoli di lana scoperti sulla neve rivelarono ben presto come gli autori del furto fossero orsi, che si nascondevano, durante il giorno, in una tetra spelonca situata nella parte superiore della forra in cui corre il rivo denominato attualmente a Sciümea.

I componenti delle famiglie che avevano sofferto il danno, tanto per preservarsi da ulteriori perdite quanto per trarre vendetta delle belve, divisarono di dar loro la caccia. Ad attuare il proposito furono prescelti tre cacciatori animosi ed esperti; cioè un omaccione lungo ed allampanato, delle fattezze scimmiesche, chiamato Garbuta e due fratelli, i quali per la tinta bruna della loro carnagione e i lunghi capelli nerissimi, solevano designarsi col nome di Corvi. Portavano una tunica di pelle assai succinta, stretta alla vita da una cintura, ed erano armati di lancia ed accetta.

Allontanatisi nel cuore della notte, riuscirono prima dell'alba, esplorando la boscaglia, a rintracciare la tana degli orsi, nella quale penetrarono deliberatamente, rischiarati da un ramo di pino che ardeva, a mò di torcia. In fondo all'ultimo recesso della cavità, scoprirono due orsacchiotti, i quali in breve caddero esanimi, senza opporre resistenza, sotto i colpi vibrati dai cacciatori colle loro accette di pietra.

Caricatisi delle due bestiole, i Corvi uscirono dalla tana, mentre il Garbuta li seguiva in retroguardia. Senonchè, avevano fatto pochi passi quando furono assaliti all'improvviso da un vecchio orso robustissimo, inferocito per il rapimento dei piccoli. I Corvi, gettato a terra l'orsacchiotto che portavano, si allontanarono alquanto, disponendosi alla difesa, ma uno dei due raggiunto dalla belva, non fu tanto sollecito da evitare gli artigli del carnivoro, il quale, eretto sugli arti posteriori, lo strinse cogli anteriori in poderoso amplesso, graffiandolo crudelmente. Il Garbuta, accorso precipitosamente, si fece a trafiggere più volte colla lunga lancia il villoso petto dell'orso, talchè questi fu obbligato ad allentare la stretta, poi si piegò sopra se stesso e cadde pesantemente al suolo irrorandolo del proprio sangue.

Sopravvennero, intanto, parecchi cavernicoli, in soccorso dei primi, e, mentre alcuni trasportavano il ferito nella sua dimora, gli altri prestavano aiuto ai cacciatori, per mettere in salvo la preda, dalla quale si ripromettavano un lauto pasto.

In quel giorno e nei successivi la tribù fece baldoria, cibandosi a sazietà di quegli orsi, tenuti in conto di selvaggina prelibata, e rallegrandosi per l'uccisione di un temuto nemico. I canini del carnivoro adulto, tolti alle mandibole e forati, furono appesi al collo dei cacciatori quale prezioso trofeo, e la pelle, diligentemente conciata, divenne per il Garbuta soffice giaciglio.

La conquista della sposa.

Assisteremo poco appresso ad un'altra impresa, meno gloriosa, compiuta dal protagonista di questo episodio.

La boscaglia era allora tanto fitta che si lasciava appena penetrare da qualche raggio del sole nascente. Mentre in alto s'intrecciavano i rami di annose quercie, i tronchi loro erano nascosti da un groviglio di cespugli spinosi, già sparsi di fiori primaverili. Cominciava il bisbiglio sommesso degli uccelli mattinieri e il tasso si era furtivamente ridotto nel fondo della sua tana. Ad un tratto si fece strada fra le piante una leggiadra fanciulla, seguita da due giulivi bambini. Era piccola, esile, di carnagione olivastra, con occhi azzurrini e vivaci, naso breve, ben profilato, ampia bocca atteggiata a sorriso, labbra tumide e porporine, robusta dentatura. Portava la profusa chioma fulva legata sulla nuca. Una tunica di pelle d'agnello copriva per metà il corpo delicato e lasciava nude le braccia e le gambe sottili, ma ben tornite, essa faceva risuonare camminando le armille e i monili di conchiglie forate, che le adornavano i polsi e il collo. Mentre Nida procedeva guardinga, raccogliendo ghiande dolci, che tosto riponeva in una bisaccia di pelle, strisciando fra i cespugli come serpe, Garbuta, si avvicina furtivamente, e, all'improvviso, l'afferra per le spalle, la rovescia bruscamente a terra, e quando giace supina le lega saldamente le braccia e le gambe, quindi, sollevata di peso la sua vittima, se la pone sulle spalle come corpo morto, e si allontana a precipizio colla preda. In quest'uomo gli occhi infossati, dai riflessi metallici, la fronte bassa ombreggiata da capigliatura arruffata, la carnagione livida e specialmente la bocca ampia, protratta, atteggiata a sogghigno, che lasciava scoperte le punte di due robusti canini, le grosse labbra tumefatte, accusavano insolita energia e ad un tempo istinti brutali.

Nida spaventata, tentò invano di divincolarsi e di reagire, fece echeggiare la selva delle sue grida e dei suoi gemiti disperati, cui si univano i lamenti dei fratellini, i quali, incapaci di proteggere la misera fanciulla, corsero piangendo alla dimora della famiglia per invocare aiuto; ma al difensore naturale, al padre, non potevano ricorrere, perchè da poco un malore improvviso l'aveva rapito al loro affetto, malgrado gli scongiuri dei maghi e le pratiche superstiziose intese a placare gli spiriti maligni.

Appena edotta del caso toccato a Nida, la vecchia madre di lei, in preda alla disperazione, si coprì di cenere le chiome scarmigliate e corse a precipizio nel vicinato per raccontar l'accaduto ai famigliari, e chiedere loro assistenza e consiglio; si prostrò poi, gemendo, dinanzi al capo ed ai notabili della tribù, sollecitando il loro intervento perchè le fosse restituita la figliuola; ma tutti le risposero con parole di compassione, senza offrirle alcun aiuto. La esortarono invece a rassegnarsi all'ineluttabile e a rispettare le consuetudini del paese che concedevano ai guerrieri il diritto di conquistare la propria compagna, purchè fosse nubile, colla violenza o coll'insidia. "Unico obbligo del rapitore si è di corrispondere al padre e alla madre della fanciulla l'abituale tributo di pecore o di capre. Nida, le dissero, si ribellerà da principio, ma finirà coll'adattarsi al suo destino, come fecero tutte; "e tu, esclamarono, non fosti rapita? Pure trascorresti lunghi anni felici a fianco del tuo consorte":

"È vero, soggiunse la povera madre, ma il caso è ben diverso, perchè eravamo d'accordo; il ratto e la resistenza furono simulati".

Che sarà dell'infelice Nida? Dovrà essa piegarsi alle brame del suo crudele persecutore? Sarà essa domata, come lo furono tante altre, dalle sevizie e dalla fame?

La fuga.

"Pensa, esclamò il Garbuta, mentre afferrava la sua vittima e la cingeva di stretti vincoli, pensa che se tu tentassi di abbandonarmi per seguire un altro uomo, io mi vendicherei spietatamente. Tu saresti denunziata alla tribù come sposa ribelle; ed invocherei per te la più severa condanna, quella di morir lapidata".

Non sappiamo precisamente come ciò avvenisse; ma certo è che, mentre Garbuta era intento a raccogliere frasche per dissimulare l'angusta apertura della grotticella in cui aveva nascosta la sua vittima, questa con meraviglioso vigore, spezzava i ceppi che l'avvincevano, e si allontanava rapidamente. Il suo rapitore non solo la inseguì, ma non si peritò, finchè fu possibile, di bersagliarla coi sassi e colle freccie scoccate dal suo arco. La fanciulla, che alla schiavitù preferiva la morte, spiegò nella fuga energia ed agilità straordinarie, si arrampicò per ripide rupi, saltò fossi, guadò torrenti dalle acque impetuose.

Col cuore in tumulto, paventando ad ogni piè sospinto di esser ghermita dall'esoso nemico, che pretendeva esserle consorte, riuscì a far perdere le sue tracce nel folto della selva. La corsa pazza della misera si era protratta per lungo tempo, quando si avvide che, pervenuta omai alla radura, e stremata di forze, avrebbe dovuto, seguendo la medesima direzione, procedere allo scoperto con grave pericolo di cadere fra le mani del Garbuta. Pensò allora come sarebbe stato prudente nascondersi fino a che non fosse calato il sole; perciò, penetrata di proposito deliberato ove era più fitto il groviglio dei cespugli spinosi, al limitare del bosco, si rimpiattò in guisa da sfidare ogni più sagace ricerca, ed aspettò immobile il tramonto. A notte fatta uscì cautamente dal nascondiglio e ripigliò la sua fuga, inerpicandosi sopra un'alta montagna che le si parava d'innanzi, senza curare gli ostacoli opposti dalle asperità del terreno e dall'oscurità. Aveva così raggiunto una ericaia, sparsa di massi muscosi, quando vide nelle tenebre agitarsi due punti luminosi poi quattro, poi molti: non vagolavano al pari delle lucciole, non spiccavano immobili dal terriccio come i bruchi splendenti, che convitano a nozze silenziose i congeneri alati dell'altro sesso. Pur troppo, non poteva dubitarne, quei focherelli erano occhi fosforescenti, di fiere che la guatavano, e si avvicinavano fiutando la preda e facendo stormire le foglie.

15

Che fare? Come difendersi da un branco di lupi famelici? Col cuore stretto dal terrore, provò a cacciarli con alte grida, ma certo non era questo il mezzo più efficace per trattenere le belve delle quali udiva omai vicino il soffio rantoloso; e poi la voce avrebbe forse attirato il Garbuta. Ebbe in quel momento una felice ispirazione; si ricordò che, da buona massaia, aveva annodato ad un capo della sua tunica due schegge di pietra focaia ed un brano di esca. L'atto seguì tosto il pensiero, ed eccola a far sprizzar scintille dalla selce, ad accendere l'esca e a dar fuoco ad un fascio di erbe secche e di paglia: i lupi si arrestarono immantinente, poi indietreggiarono, ringhiando dinanzi alla viva fiamma che li separava dalla preda agognata. I più audaci furono fugati dai tizzoni ardenti che la fanciulla scagliò loro con mano sicura.

In tal modo la Nida si schermì vittoriosamente dai feroci quadrupedi, che si allontanarono delusi. Intanto l'aurora imporporava le nubi, si illuminavano le creste montane, e sorse infine fulgido l'astro del giorno, dissipando colle ombre notturne il terrore della fuggiasca, la quale potè proseguire il proprio cammino fino ad un dosso erboso. Incontrò colà piccoli bovi e capre al pascolo, e si trovò dinanzi alla capanna di un giovane pastore a lei ben noto, perchè soleva recarle i prodotti del proprio armento. Affranta dalla fatica, contusa e ferita dagli sterpi spinosi, la fanciulla sollecitò dal Cornei, così si chiamava il pastore, protezione e ricovero. Costui, che aveva, pari all'aspetto, l'animo gentile, aderì di gran cuore alla richiesta, lieto di accogliere la tapina nel proprio abituro.

La dimora del pastore.

La capanna sorgeva sopra un dosso rupestre, all'ombra d'una quercia annosa, della quale sporgevano dal terreno, allo scoperto, vigorose radici aggrovigliate, simili a serpenti.

Il Cornei si affrettò a predisporre la propria dimora per modo che avesse a riuscir più gradita all'ospite: ravvivò la fiamma del focolare e vi aggiunse legna, adunò nell'angolo più riparato dell'abituro un soffice letto di muschi e foglie secche, calò dinanzi all'uscio una cortina di pelli che intercettasse i raggi troppo vivi del sole nascente, collocò sopra un sasso, che era il suo desco, una tazza di terra cotta, nella quale da un bel favo stillava limpido miele, e accanto pose un pugno di nocciuole; poi, chiamata, la sua capra favorita, si fece a mungerla per offrire alla giovanetta il ristoro di una bevanda sana e tepida. Inoltre, le presentò un mazzo di erbe aromatiche, esortandola a sperimentarne le virtù balsamiche per la cura delle ferite e delle contusioni che l'avevano offesa durante la fuga. Ciò fatto, comandò ai cani che si avvicinassero e cessassero di ringhiare, e, afferrata la mano destra della straniera, si fece ad accarezzare con questa il capo dei due botoli, per cementare così il patto d'amicizia che intendeva fosse stretto fra i suoi inquilini; e, perchè nessuno mancasse, presentò a Nida l'agnellino candido da lui preferito. Ma aveva dimenticato uno dei suoi famigliari, forse il più caro, e perciò si affacciò all'uscio, ripetendo molte volte ad alta voce, il richiamo "gi, gi, gi". Ed ecco ad un tratto scendere a balzelloni dai rami della quercia un grosso scoiattolo bruno, dalla folta coda eretta, il quale, spiccato un salto sulla spalla del Cornei, balza da questa in grembo a Nida, che si era seduta dinanzi al desco improvvisato, come per chiederle di partecipare al festino.

Risultati vani i tentativi per rintracciare la Nida, ed informato del ricovero che essa aveva prescelto, il Garbuta fu invasato da sfrenato furore, e concepì allora il proposito di vendicarsi atrocemente; e, all'uopo, si assicuro il concorso di alcuni compagni affine di assalire all'improvviso il Cornei, nella sua capanna, togliergli la donna e gli armenti, ed ucciderlo, se avesse opposto resistenza. Ma il reo disegno fu divulgato, e, quando, profittando di una notte oscurissima, gli aggressori si avvicinarono furtivamente alla dimora del pastore, credendo di coglierlo nel sonno, subirono invece un attacco vigoroso da parte di numerosi amici suoi, appostati nel bosco attiguo. Dopo una zuffa sanguinosa, il Garbuta e i suoi furono costretti a ritirarsi confusi e scornati, ripromettendosi di sfogare più tardi il loro livore.

Fin d'allora, anzi in quei tempi remoti ben più che nei nostri, dall'odio germogliava l'odio, e la rappresaglia suscitava la vendetta; laonde è facile intendere come l'episodio che son venuto narrando, abbia provocato una lunga sequela di recriminazioni e discordie intestine fra i Sabazi.

La caverna Pollera.

Prima di ripigliare il filo del mio racconto sarà opportuno che io introduca il lettore nella caverna Pollera, sede principale dei Sabazi, e abitazione di buon numero di famiglie appartenenti a questa tribù; mi si presenterà così l'occasione di accennare ai costumi di costoro, che erano in quel tempo assai meno evoluti dei Genuati, degli Apuani e d'altre tribù liguri.

Si penetrava nel sotterraneo mediante una grande apertura a foggia di bocca di forno, dall'alto della quale pendevano, a guisa di tenda, ciuffi di capelvenere. La prima cavità era ampia, bene illuminata, colle pareti rivestite di concrezioni lapidee, simili a bruni drappi dai margini frastagliati. Nel fondo si profilavano bizzarri pilastri, che destavano l'idea di mostri impietriti, tra i quali si addentravano misteriosi androni quasi del tutto oscuri. Dalla volta, alta ed irregolare, pendevano esili stalattiti, scintillanti all'estremità per l'acqua che ne stillava. A destra si spalancava un diruto burrone e serpeggiava fra i massi fino a grande profondità un rivoletto spumoso. In questo burrone e negli spechi più remoti splendevano qua e là, nell'ombra, i fuochi di lampadine di terra cotta, alimentate da grasso, che apparivano come punti luminosi. Questa sede della tribù non era meno maestosa e severa del castello medioevale, sorto dopo oltre dieci secoli sulla balza vicina; nè si può dire che fosse meno atta alla difesa. Scavata dagli agenti naturali in un dosso roccioso, per tre lati limitato da scheggiate forre, non era accessibile che da angusto e dirupato sentiero. L'ingresso era per metà sbarrato artificialmente da un semicircolo di massi greggi, che lasciavano tra l'uno e l'altro stretto intervallo. Inoltre, chi si fosse arrischiato a superarlo a dispetto degli abitanti poteva essere facilmente offeso, per mezzo di sassi precipitati dal ripiano che domina la bocca del sotterraneo.

Poco lungi, sul rialto soprastante alla caverna, una zona di terreno pianeggiante, e recinta di cespugli spinosi acciocchè non vi si potessero introdurre gli armenti, era convertita in un campo d'orzo, coltivato per verità con metodi propriamente rudimentali. Mediante pali aguzzati, invece di aratri, solevano praticare piccoli incavi nel terreno per la seminagione. Raccolto il seme e separato dai suoi involucri, si sottoponeva a grossolana triturazione sopra una macina di pietra, poi, impastato con acqua e cotto sulla brace, costituiva cibo sano e nutriente massime per i bambini e i vecchi.

Nella parte anteriore della spelonca ardevano le fiamme fuligginose dei focolari, in cui si cuocevano i pasti dei cavernicoli. Sul fuoco erano sospese grandi pentole di terra cotta, ed alcune vecchie scarmigliate, mal coperte di sdruciti indumenti, ne rimovevano il contenuto con lunghi bastoni. Presso l'apertura vispe fanciulle, vestite di succinta tunica di pelle, le braccia e le mani impiastricciate di creta, attendevano a foggiar olle e scodelle, e le ornavano di rozzi fregi, imprimendo le dita e le unghie sulla creta ancora plastica, destinata ad esser cotta e indurita sulla brace ardente. Di rado, affine di abbellire quei fittili di ornamenti a colori, intingevano nell'ocra gialla o rossa stemperata la punta di uno stile, e tracciavano con essa, alla superficie dei vasi, sottili striscie o reticoli variamente disposti, tentativo rudimentale di un'arte decorativa già sorta e meravigliosamente sviluppata presso i figuli di altre regioni italiane. Erica, giovanetta dall'espressione intelligente e gioconda, foggiava da canto suo colle agili dita figurine d'argilla, oggetti di un culto superstizioso. Poco lunge alcuni cavernicoli spezzavano legna da ardere, mentre altri passavano e ripassavano pazientemente sopra una lastra di roccia durissima sparsa di sabbia umida, ascie di pietra verde, per renderle taglienti prima di innestarle in un ramno d'albero o nella base di un corno cervino, a guisa di manico.

Una giovane madre, che si è appena sgravata, sbuca da uno degli androni più remoti della grotta, porta il neonato in fondo al burrone ed immerge la tenera creatura nelle gelide acque del rivo. L'assiste una comare, reputata per la sua perizia nelle pratiche relative alle cure da prestarsi alle partorienti ed ai neonati. Nel sopraintendere al proprio ufficio costei profferisce a bassa voce uno scongiuro destinato a preservare la creatura dal mal'occhio e a conferire al futuro guerriero i migliori requisiti di vigoria e di ardimento. Fuori, presso la soglia, fanciulletti dei due sessi custodiscono pecore e capre, che stanno pascolando, mentre parecchie donne, sedute sopra un masso, lavorano a risarcire indumenti sdruciti, e due cacciatori, reduci da una spedizione cinegetica, sono intenti a scuoiare e a dividere le carni sanguinolente d'un bel capriolo, e colle grida e le busse si affannano ad allontanare i cani che tentano di arraffare qualche brano della ghiotta selvaggina.

Dopo il tramonto si spegnevano a poco a poco i focolari e cessavano i clamori, senonchè bene spesso, fuori della spelonca, si adunavano in crocchio alcuni giovani della tribù, ed allora essi intuonavano con voce gutturale una nenia lenta e malinconica, quasi sempre un lamento amoroso. D'ordinario uno di loro rispondeva in falsetto, imitando la voce femminile, a coloro che avevano iniziato il canto. Raramente si raccoglievano in altro crocchio, non lontano, parecchie fanciulle ed esprimevano in coro, con voce acuta ed alta, appena modulata, lo stato d'animo di chi agogna ad un bene remoto.

Al concerto maschile partecipava qualche volta un suonatore di certi pifferi primitivi, l'uso dei quali si è perpetuato nelle scigue grossolanamente fabbricate dai pastori colla corteccia di un arbusto montano.

L'alpeggio.

Non è a credere che le tribù dimorassero perennemente nelle caverne: ogni anno, al principio della stagione estiva, la maggior parte della comunità, che comprendeva gli uomini e le donne più vigorosi, si allontanava dal consueto domicilio, conducendo seco gli armenti, e si adunava in alcune stazioni alpestri ben note, ove, oltre al benefizio di una temperatura più fresca, trovava grassi pascoli per il proprio bestiame. Raggiunta l'altura prescelta, che era prossima in ogni caso a qualche limpida sorgente, edificavano in breve un villaggio di capanne, sostenute da rami d'albero, conteste di fascine o virgulti e coperte di pelli e di paglia. Il più delle volte queste capanne erano di forma cilindrica, con una apertura, che adempiva all'ufficio di porta e di finestra. Nel centro era collocato il focolare; il fumo si sprigionava dalla porta e dalle commessure del tetto, abitualmente foggiato a cono. Gli armenti erano confinati in appositi recinti a breve distanza dalle abitazioni, e alla loro vigilanza immediata erano adibiti cani ben addestrati, poco diversi da quelli dei nostri pastori alpini.

Nelle spelonche rimanevano i vecchi e gli infermi, ed era loro affidata la custodia della povera suppellettile, che gli altri componenti della tribù non traevano seco. D'altronde, l'esodo non durava più di due o tre mesi e non si verificava per tutte le stazioni sotterranee e nemmeno ogni anno. S'intende di leggeri come contingenze straordinarie, ad esempio guerre o contagi, dovessero esercitare grande influenza sulle abitudini della tribù, e in ispecie sui suoi trasferimenti.

Sarebbe difficile immaginare creature più misere e squallide di quelle che rimanevano nel domicilio comune, dopo la partenza per l'alpeggio dei componenti più giovani e vigorosi della tribù: erano vecchi sdentati, alcuni propriamente decrepiti, rugosi e scarni, quasi tutti deformati nelle mani e nei piedi da malattie articolari contratte nell'ambiente umido delle grotte. Coperti di brandelli di pelle, soffrivano per il freddo invernale, appena mitigato dalle fiammate e dalle braci dei focolari. Inetti alla caccia, si cibavano di latticini ricavati da poche capre e, se questi mancavano, facevano uso di ghiande dolci d'orzo ed eventualmente di ghiri, di scoiattoli e perfino di pipistrelli e di serpenti.

Chi sa se le tradizioni medioevali relative ai gnomi e alle streghe, che si ricoveravano nel cavo delle rupi, non fossero derivate da una oscura memoria di quella povera gente?

L'invasione.

Si svolgeva quietamente, alla fine di un autunno precoce, la vita della tribù, nella Pollera e nelle sue adiacenze, quando nel tempo stesso, poco lunge, si produceva un avvenimento assai grave per la sorte del paese. Un'oste romana non numerosa, ma ben disciplinata, si avvicinava lentamente alla Liguria Marittima, dopo aver debellato alcune tribù montane, che intendevano contenderle il passo. Missione di queste milizie era di occupare una zona di paese allo scopo di risarcire una antica strada militare, divenuta impraticabile, e di ristabilire facili comunicazioni tra la valle del Po e il littorale dei Sabazi e degli Ingauni, ciò perchè fosse agevolato il transito dalla Liguria occidentale alle Gallie, ove, per mantenere l'occupazione romana, era necessario l'invio incessante di nuove forze. Una piccola avanguardia, penetrata, senza essere avvertita, nel territorio dei Sabazi, aveva trovato gli abitanti in subbuglio in conseguenza della zuffa ingaggiata fra i partigiani del Garbuta e del Cornei, e si era facilmente impadronita di un armento di capre mal custodite. Ma i Liguri, cessato allora ogni dissidio, avevano reagito vigorosamente contro gli stranieri. Quantunque male armati, mercè il numero preponderante e l'audacia, essi erano riusciti a respingere il nemico, ma non avevano potuto strappargli il mal tolto. Nella mischia parecchi i feriti ed un morto, appunto colui che già ricordai come valente cacciatore e brutale rapitore di femmine.

L'indomani, sul far del giorno, furono interrotti nella Pollera i consueti lavori e, facendo schermo colle mani ai raggi del sole nascente, i cavernicoli si fecero ad osservare un manipolo di guerrieri, che si inerpicavano lentamente su per l'erta. Erano tutti armati, quali di lancia e di piccoli scudi oblunghi, coperti di pelle, quali d'archi e di freccie e molti anche dell'ascia di pietra, che sapevano adoperare in battaglia con meravigliosa efficacia. Essi parevano stanchi e portavano traccie evidenti dell'aspra lotta sostenuta la vigilia. Appena varcata la soglia, uno di loro, che sembrava godere di maggiore autorità, si fece a narrare, con voce concitata, agli abitanti della grotta venuti ad incontrarlo, l'assalto impetuoso e la pronta ritorsione; si indugiò a descrivere le armi formidabili e il modo insolito di combattere del nemico, avvertendo come indubbiamente altri armati, ben più numerosi, avrebbero seguito le traccie dei primi.

Intanto un nuovo manipolo di guerrieri era sopravvenuto e, fra questi, quattro trasportavano il corpo esangue del Garbuta, adagiato sopra una barella contesta di rami d'albero.

I funebri del guerriero.

Echeggiarono allora accenti d'ira e, per parte delle donne, pianti e gemiti.

Una di queste, la vecchia Maia, inadre dell'estinto, si abbandonò alla disperazione, sparse di cenere le proprie chiome disciolte, e singhiozzò prostrata dinanzi al morto. "Nessuno ella diceva, era più gagliardo, più agile alla corsa, più valoroso di lui, e pure mi fu tolto!"

Gli uomini che avevano partecipato al corteo scavarono in mezzo alla grotta una piccola fossa e vi adagiarono la salma rannicchiata, accanto alla quale, secondo la tradizione avita, posero le armi e i trofei più cari al defunto. "Copriamo il guerriero, esclamarono, colla pelle dell'orso trafitto di sua mano, armiamolo dell'ascia tanto temuta dal nemico e del giavellotto che egli scagliava con sicurezza, e mai non fallì il bersaglio, sia profusa sul suo volto la tinta vivace di cui soleva ornarsi, acciocchè apparisca smagliante di rosso nel regno degli spiriti. Si provveda alla scorta per il lungo viaggio, colla selvaggina da lui preferita!"

Accumulata poca terra sull'avello, accesero sopra di esso un vivo fuoco, e vi misero ad arrostire le carni di un capretto per il pasto funebre.

Accoccolati intorno al sepolcro, i cavernicoli mangiarono avidamente; ma la madre del defunto seduta in disparte, col capo chino e il volto nascosto fra le mani, in atto di cupo dolore, non partecipò all'agape. Quando questo fu finito con copiose libazioni di cervogia, sorse Nasche il canuto, la cui fronte rugosa sembrava scolpita nel vecchio avorio, e, digrignando i denti, si fece ad imprecare contro lo straniero omicida e ad incitare i superstiti alla vendetta. Le sue parole fecero profonda impressione sugli astanti ed esaltarono i loro propositi bellicosi. Alcuni di essi, con piglio truce, brandivano le armi ed avrebbero agognato di affrontare immediatamente il nemico.

Il Cornei e Nida, seguirono il funebre corteo e parteciparono alla cerimonia dell'inumazione, fingendo di associarsi al comune cordoglio, mentre si compiacevano segretamente del caso che li aveva liberati da un implacabile nemico.

Frattanto vecchi e donne, ossequenti alle avite costumanze, si adunarono in un addentramento della grotta e illuminati da un tizzone ardente adempirono alle pratiche di un culto misterioso, procurando cosí di placare le divinità tutelari, certamente irritate contro i Sabazi, i quali trascuravano l'osservanza dei riti insegnati dai loro maggiori; non così i più giovani, che rimasero estranei a siffatte manifestazioni, sogghignando in atto di spregio. Sopra il tumulo continuava ad ardere il fuoco, necessario dicevano gli anziani, per allontanare gli spiriti maligni, utile ad ogni modo perchè non fosse profanato dai cani.

L'adunata.

In breve, essendosi sparsa tutto all'intorno la notizia del conflitto e quella eziando del pericolo imminente che sovraincombeva ai Liguri del litorale, molti di questi affluirono nella caverna, e, interrogati i reduci, commentarono il caso con voce concitata, non dissimulando l'ansietà che li opprimeva.

Era urgente provvedere alla salvezza della tribù, e perciò, collo squillo di conche marine e col suono di rozzi tamburelli, coloro che esercitavano maggiore autorità sui compagni convocarono i guerrieri sparsi nella vallata; e, ben presto questi, sopravvenuti in gran numero, si adunarono con essi a consiglio. Quali accoccolati sul terreno, quali accovacciati o seduti, ed altri ancora ritti in piedi alle spalle del primi ed appoggiati alle proprie lancie, formarono un gran circolo, nel mezzo del quale prese posto il Nibbio, il capo venerato di cui tutti apprezzavano il valore e la sagacia.

Chi era costui che portava un nome così suggestivo ed esercitava sì grande ascendente sui suoi compagni?

In lui s'impersonavano le più nobili doti morali e i più spiccati caratteri fisici della sua schiatta: coraggioso senza ostentazione, prudente, astuto, sentiva sovente impulsi generosi, offuscati tuttavolta dagli istinti rudi e violenti ereditati dai suoi maggiori e che i costumi primitivi della tribù non tendevano certo ad attutire. Alto, tarchiato, robustissimo, rotto ai pericoli e alle fatiche, aveva una fisionomia aperta, che ispirava fiducia, e un piglio altero, che imponeva rispetto e timore. Le sue fattezze erano regolari, quantunque un po' troppo accentuate, con zigomi sporgenti ed ampia bocca, munita di forte dentatura, occhi grigi, traenti al verdastro, vivacissimi, espressivi, che illuminavano una fronte spaziosa; chioma nera, abbondante, raccolta al sommo del capo ed assicurata con due lunghi aghi crinali. Vestiva con una certa eleganza una lunga tunica finissima, di pelle d'agnello, fregiata alla parte inferiore di larga fascia di lana rossa, e provvista di ampio cappuccio; portava calzari di cuoio accuratamente assicurati con lacinie, che risalivano fin sopra i polpacci e legavano strettamente le striscie di pelle avvolte intorno alle gambe. Poco differiva la sua acconciatura da quella in uso anche al presente presso i Ciociari del Lazio. Abilissimo nel maneggio delle armi, andava quasi sempre munito di un arco di insolite dimensioni e di lunghe freccie, e non abbandonava nè giorno nè notte l'ascia forbitissima di pietra verde, immanicata in un corno cervino, che teneva abitualmente sospesa alla cintura.

Il Nibbio e i suoi compagni conoscevano le spade, i pugnali e le corazze di bronzo, venute in loro possesso per via di scambi, ma erano loro poco famigliari, e non pregiavano elmi e scudi metallici, già in uso presso alcune tribù più civili, e in ispecie fra i Genuati.

Dopo la prima avvisaglia, sia perchè non disponessero di forze sufficienti, sia perchè ritenessero il momento poco opportuno per l'attuazione dei loro disegni, i Romani si allontanarono al di là dei monti e si studiarono di calmare le apprensioni che la loro avanzata aveva provocati tra i Liguri. Questi, pronti all'allarme, e del pari a dimenticare il pericolo che non apparisse immediato, tornarono in breve alla pristina quiete e si dedicarono, gli uni alle consuete imprese venatorie, gli altri ai traffici e alla navigazione, che si praticavano in modi propriamente rudimentali. Di tali traffici porgerò un esempio tipico.

Mentre il mare è placidissimo e il cielo perfettamente sereno, di contro alla riva deserta che si estende a ponente di Varigotti, approdano due piccole navi greche, provenienti da Massilia, le quali già erano segnalate dagli uomini collocati in vedetta sulla vetta del monte Caprazoppa. Alcuni marinai scendono a terra e, dopo aver osservato i dintorni con fare guardingo, come di chi intuisca un pericolo, depositano a terra, sulla rena in piccoli cumuli, merci diverse, offerte a titolo di scambio agli abitanti del litorale: consistono in piccoli bronzi, specialmente fibule, spilloni, accette e pugnali, in grani d'ambra, e in pezzi di tessuti di vivi colori. I Greci ritornano poi a bordo, ma in prima avvertono del loro arrivo gli indigeni, con forte e misurato battere di mani, che si ode ad una certa distanza.

Trascorso breve tempo, e, mentre le navi sono mantenute mediante i remi in vicinanza della riva, sopraggiungono alcuni Sabazi, onusti delle proprie derrate, cioè: pelli, favi di miele, pani di cera, vasi colmi di idromele, selvaggina, e le abbandonano sulla spiaggia dopo aver ritirato gli oggetti loro destinati. Essi procedono poscia alla ripartizione di questi ultimi, che sembra malagevole e laboriosa, suscitando le proteste di coloro cui sembra di essere poco favoriti dalla permuta.

Una preziosa collana di ambra gialla del Baltico, chi sa per quali vicende venuta in possesso di quei trafficanti, è oggetto di ammirazione e di cupidigia, per la sua tinta vivace e le virtù prodigiose che le attribuiscono. Dopo lunghe contestazioni e laboriose transazioni, riesce al Cornei di farla sua, per adornarne il collo della Nida, la quale, nel ricevere l'ambito dono, non dissimula la propria allegrezza.

Allontanatisi i Liguri, i Greci discesero nuovamente a terra, per ritirare le derrate che loro spettavano, e le trasportarono a bordo delle proprie navi, mormorando perchè non le ritenevano adeguate alle merci offerte in cambio. Intanto, siccome il vento rinfrescava, si affrettarono ad alzar le vele e a salpare, per tentare in altri liti traffici più vantaggiosi. Saranno forse più fortunati presso i Genuati, i Tigulii e i Lunensi, verso i quali volgono le prore.

La navigazione e i naufragi.

Prima di procedere nel mio resoconto mi si conceda una parentesi sulla navigazione, poco attiva per verità, che si esercitava allora lungo le rive della Liguria. I marinai, che si avventuravano sull'infido elemento, dovevano spiegare rara forza d'animo per affrontare i pericoli reali e immaginari cui andavano incontro; e dico immaginari, perchè paventavano, oltre ai venti avversi, al mare tempestoso, agli scogli insidiosi, sirene allettatrici, terribili mostri marini, orride arpie.

Ogni rupe bizzarra, ogni insolita perturbazione atmosferica o tellurica era per essi la manifestazione del potere soprannaturale di qualche divinità ostile.

Le navi greche di quel tempo erano di piccole dimensioni e provviste di chiglia assai convessa, rialzata a poppa e a prora, affine di poterle facilmente tirare in secco. Erano poco profonde, sottili, destituite di coperta, e munite nella parte media di un albero, il quale sosteneva una lunga antenna e una controverga. Fra l'una e l'altra era tesa una ampia vela quadrangolare, suscettibile di assumere posizioni diverse rispetto all'asse del galleggiante, il quale poteva procedere non solo col vento in poppa, ma anche obliquamente, ma per un angolo assai limitato rispetto alla direzione del vento. Il precipuo motore consisteva però nei remi, che erano per lo più in numero di venti. Una robusta pala, immersa presso la poppa e saldamente assicurata ad un sostegno sporgente da un lato, adempiva all'ufficio di timone. Sopra il bordo, a ciascuna delle due estremità, si innalzava un piccolo castello; in quello situato a poppa prendeva posto colui che presiedeva alla direzione del bastimento e comandava le manovre, in altre parole il capitano. Nel castello di prora aveva sede un nocchiero e si collocavano, occorrendo, gli armigeri preposti alla difesa della nave.

Con sì fragili galleggianti i trafficanti di Massilia e di Nicea visitavano gli scali della Liguria, dell'Etruria, del Lazio, della Corsica e della Sardegna, e si avventuravano talvolta fino alla Campania, alla Sicilia, all'Apulia, alla stessa Grecia da una parte, all'Iberia dall'altra; si inoltravano pure per eccezione anche fuori delle colonne d'Ercole. Dai piccoli centri di popolazione più evoluti, com'erano quelli dell'Etruria e della Campania, recavano ai popoli barbari manufatti di bronzo, terre cotte, oggetti d'ornamento d'ambra e di vetro, armi, metalli preziosi e ne ottenevano in cambio derrate alimentari, pelli, cera.

È facile immaginare quali disagi e rischi dovessero affrontare nelle loro navigazioni per le procelle, ed anche per l'ostilità degli abitanti del litorale durante gli approdi. Essi usavano viaggiare alla luce del giorno, sempre in vista di terra, ed ogni notte solevano tirare in secco i loro galleggianti. Solo in circostanze eccezionali si dipartivano da siffatto costume, ed allora, ma per brevi tratti, si orientavano durante le tenebre mediante l'osservazione degli astri; di rado, per fuggire la procella, cercavano rifugio in qualche piccola cala, senza mettere in secco le imbarcazioni.

Avveniva che le navicelle dei trafficanti, talvolta signoreggiate dalla bufera, non riuscissero a raggiungere una spiaggia ospitale e si infrangessero sugli scogli. Questo caso si verificò pochi giorni dopo l'episodio da me descritto. Un'altra nave, della stessa nazione, salpata dalla Corsica e diretta al Porto d'Ercole, sospinta da venti impetuosi, miseramente s'infrangeva sull'isolotto di Berzezzi, e gli avanzi del naufragio erano dai marosi trascinati alla riva. Appena calmatosi il mare, sopravvennero sui loro galleggianti, burchielli di legnami mal contesti, e zattere formate da otri gonfie d'aria, coperte di un rozzo assito, alcuni abitanti del litorale ad esplorar le rive per impadronirsi dei relitti. Così raccolsero remi, antenne, ancore ed altri attrezzi navali, ed uno di loro scoprì, tramortita sulla riva, una bellissima fanciulla greca. Il Nibbio, che era presente, dichiarò tosto il fermo proposito di riserbarla per sè come sua parte di preda; ed aggiunse con piglio minaccioso di non ammettere contestazione intorno al proprio diritto di capo.

Il guerriero innamorato.

Ero, tal'era il suo nome, quantunque nata da genitori greci immigrati a Monæcus (la Monaco odierna), aveva certamente nelle vene sangue di stirpe celtica; lo attestavano gli occhi azzurri, ombreggiati da lunghe ciglia, e le profuse chiome bionde. L'ovale perfetto del suo volto, il naso diritto e fino, la boccuccia di perfetta fattura, le orecchie infantili, il corpo di vergine, che Prassitele avrebbe preso a modello di uno dei suoi simulacri di suprema venustà, formavano un complesso degno d'ammirazione, reso anche più attraente dalla grazia e dalla soavità che spiravano da tutta la persona.

Allorchè si riebbe dallo svenimento, la fanciulla si trovò in braccio al Nibbio, che la trasportava nella propria dimora. Essa provò spavento e raccapriccio ricordando gli orrori del naufragio, e questo sentimento si accrebbe vedendosi in balìa di un ignoto, il quale non poteva apparirle che come uno di quei barbari tanto temuti dai viaggiatori, cui la sorte avversa sbalestra ai lidi inospitali della Liguria.

Ma il sorriso di benevolenza non scevra d'ammirazione, di colui che la sosteneva fra le braccia, come avrebbe fatto una madre del proprio bambino, mitigò la sua triste impressione.

Il Nibbio depose la fanciulla con pietosa cura sopra un letto di frasche, in una capace capanna contesta di rami d'albero, non lunge dal pago o villaggio di Montesordo, poi raccolse accanto a lei indumenti asciutti e le migliori cibarie che potesse trovare; e, mentre si allontanava, affidò a Nida, che sapeva più intelligente ed affettuosa delle altre donne, l'incombenza di assistere e confortare la prigioniera.

La giovinetta non tardò a riacquistare le proprie facoltà, e, a poco a poco, si dissipò lo spavento che l'aveva oppressa. Si fece allora a narrare con flebili parole, interrotte dai singhiozzi, le peripezie del tragico viaggio. Orfana di padre, si recava ad Alalia in Corsica, in compagnia di un vecchio congiunto, per ritrovar la madre che la chiamava presso di sè, quando la nave, cessando di governare, fu travolta da orribile bufera, sospinta sugli scogli e miseramente infranta. Ella più non ricordava come, investita e sommersa da onde immani, fosse rimasta priva di sensi sulla riva.

Ella sola, secondo ogni verosimiglianza, era scampata alla misera fine toccata a tutti i passeggeri e alla ciurma della nave. Ma doveva proprio ascrivere a fortuna la sua sorte? Non le sarebbero toccate altre più gravi sventure? Pur troppo, esclamava lagrimando, sono destinata ad una schiavitù peggiore della morte!

Parlando l'idioma di Monæcus, che poco differiva dal ligure, essa poteva farsi intendere facilmente da Nida, la quale, intanto, la incoraggiava, e, magnificando la generosità del Nibbio, si adoperava a dissipare i timori della prigioniera.

Si vedrà in breve come il capo dei Sabazi, impietosito dalle lacrime della fanciulla, e affascinato dalla sua fulgida bellezza, concepisse per lei fervidissima passione, talchè la schiava, commossa, ricambiava in breve i sensi affettuosi del guerriero, e più tardi lo soggiogava in modo da rendersene assoluta padrona.

L'idillio.

Ed ora soffermiamoci alquanto dinanzi all'abituro eletto dal Nibbio a nido dei suoi amori, per assistere ad un idillio degno di essere celebrato da un poeta.

La scena si svolge al limitare di un bosco, in riva ad un ruscello, presso una capanna contesta di rami d'albero, pochi mesi dopo il naufragio della giovanetta divenuta consorte del capo dei Sabazi.

Ero coglie dei fiori e se ne adorna le chiome e il petto, indi si specchia, sporgendosi sull'acqua. Sopraggiunge non veduto il Nibbio, e si sofferma ad ammirare la donna. Appena questa si accorge di non esser più sola, corre incontro al suo signore, lo libera dello scudo e della lancia, lo accoglie con giubilo ed affetto, terge il sudore della sua fronte.

Al Nibbio, seduto sopra una zolla, Ero offre acqua per dissetarsi; poi, tolta dalla capanna una cetra, raccolta sulla riva fra i ruderi del naufragio, ne trae armoniosi accordi per dilettare il guerriero. Questi sembra rapito dalla venustà e dalla grazia della fanciulla e le dice: "la tua voce, i tuoi atteggiamenti, i tuoi sorrisi son per me cagione di incanto sempre nuovo; per te sola conosco la gioia e la felicità, che io ignorai prima d'incontrarti". Ella risponde: "A me pare di non aver vissuto prima di conoscerti; non so più sorridere, non so più pensare, non so più respirare se non per te, mio diletto. Dinanzi alla tua immagine, impallidisce ogni memoria più cara".

Dopo questo dialogo, il volto del Nibbio parve abbuiarsi per effetto di un mesto presentimento. "Oggi una strana oppressione, soggiunge, mi fa presagire qualche sciagura, forse perchè sono troppo felice, forse perchè l'amor nostro è insidiato da qualche spirito nemico. Non udiste poco fa la voce stridula della civetta?"

"Allontana, o mio Signore, queste sinistre ubbie, replica Ero, pensa solo che nulla si oppone al nostro scambievole affetto, che durerà perennemente".

Mentre gli amanti si scambiavano fervide parole d'affetto ed appassionati amplessi, poco lunge, nascosta da un folto cespuglio, una giovane donna, che aveva nonne Taicina, li spiava, frenando a stento fiero rancore nato da amore deluso. Costei era una fanciulla assai formosa, ammirata per la vivacità degli occhi, per fattezze regolari, quantunque un po' grossolane, e specialmente per le profuse chiome nere, che le ricadevano sugli omeri. La sua bellezza virile aveva fissato l'attenzione di parecchi giovani della tribù ed anche quella del Nibbio, il quale aveva pensato un momento di scegliere in lei la propria consorte. Senonchè, dopo la comparsa di Ero, non faceva più mistero della indifferenza che provava per la sua prima fiamma, d'onde la gelosia e i propositi di vendetta concepiti dalla Taicina.

Il sortilegio.

Dopo avere assistito fremendo al dialogo che feriva così crudelmente il suo cuore, e le dimostrava come una rivale le avesse rapito l'affetto del giovane guerriero, Taicina si allontanò smarrita, e recatasi per pochi momenti nella propria capanna, ne uscì portando seco un agnello neonato del quale aveva legato le zampe a due a due. Poi, come se ad un tratto avesse obbedito ad un impulso improvviso, si fece a salire con rapido passo le balze boscose che limitano verso ponente quel territorio; indi s'inoltrò nella macchia senza seguire sentieri battuti. Già si era diffusa una luce porporina che annunciava il tramonto, quando si trovò sull'orlo di un burrone mal famato perchè si affermava, come durante le tenebre della notte si adunassero colà a convegno gli spiriti maligni: si arrestò finalmente in una stretta gola ingombra di massi e di cespugli dinnanzi alla bocca di una grotticella ostruita in gran parte da pietre accumulate ad arte. Si diede allora a chiamare: Masca Masca!

Uscì dall'antro un'orrida vecchia, la cui effigie corrispondeva a puntino a quella che durante il medio evo si attribuiva alle streghe. Era piccola, gibbosa ed aveva un volto scarno tutto grinze, un naso lungo e curvo che pareva il becco di un rapace. I capelli erano copiosi, bigi misti di rossiccio, ed arruffati; sotto folte sopracciglia bianche spiccavano due occhi tondi, ardenti, mobilissimi.

Costei, in seguito a tragiche vicende, viveva segregata dalla propria tribù e tutta dedita a pratiche bizzarre; dalla sua ragione offuscata solo si sprigionava qualche bagliore; tuttavolta le attribuivano facoltà e poteri soprannaturali e sollecitavano spesso da lei suggerimenti e presagi.

Taicina si avvicinò a Masca, deponendo ai suoi piedi l'agnellino neonato che aveva portato seco: era l'offerta colla quale intendeva propiziarsi il favore della fattucchiera; di poi la scongiurò di adoperarsi perchè a lei tornasse colui che l'aveva abbandonata per altra donna.

La vecchia accennò col capo che gradiva il tributo e che avrebbe esaudito il voto della postulante; indi domandò alla giovane con voce stridula se possedesse qualche oggetto che già fu portato indosso dal Nibbio, e soggiunse: "tenterò per te quanto è in mio potere". Si addentrò allora nella spelonca e pose sui carboni accesi del focolare un pentolone pieno d'acqua, nel quale gettò da principio un pendaglio d'osso grossolanamente inciso che altra volta, prima di regalarlo a Taicina, il capo dei Sabazi aveva portato appeso al collo; quindi, penetrata nella parte più remota ed oscura del sotterraneo, abbattè con un bastoncello due pipistrelli pendenti col capo in giù, agganciati alla volta, e gettò i due disgraziati animaletti, ancora vivi, nell'acqua, che già bolliva tumultuosamente, nella quale aveva pure introdotto una manciata di ruta tolta da un fascio d'erbe secche giacente in un anfratto della grotticella. Ciò facendo, rimescolava il liquido col bastone, proferendo sotto voce parole incomprensibili.

Ben presto la vecchia, che osservava con attenzione le fasi della cottura, curva sulla pignatta, alzò il capo, ed atteggiando la bocca sdentata a sorriso bestiale, esclamò: "tu nulla facesti per contendere il Nibbio alla tua rivale; ormai è troppo tardi perchè sia possibile mutare il destino. Colui l'amerà fino alla morte; ed ora non turbare più a lungo la mia solitudine, che io non posso più nulla per te".

Quantunque Taicina desiderasse trattenere la maga, questa, indicandole la via del ritorno, le diede a conoscere che non intendeva prolungare il colloquio, il sortilegio essendo ormai compiuto.

Nuove minacce d'invasione.

Intanto sopravvenne un Ligure della montagna, rorido di sudore, per la corsa affannosa da lui fatta, e sollecitò dal Nibbio la facoltà di intrattenerlo da solo a solo. Allontanatisi alquanto dalla capanna, i due uomini conferirono a lungo a bassa voce. Quel Ligure era un messo, il quale, a nome dei suoi conterranei, annunziava come di là dai monti si addensassero forze romane, e come si potesse argomentare dalle loro mosse il disegno di una invasione della zona litorale.

Urgeva provvedere per la comune difesa, ed era necessario di convocare in tempo le tribù confederate per affrontare il nemico, omai vicino e minaccioso.

L'esortazione parve molesta e intempestiva al giovane capo. Tuttavolta, promise al messo di ottemperare al suggerimento, e, dopo avergli impartite le istruzioni che erano del caso, lo licenziò. Ritornato presso la sua donna, la informò brevemente del pericolo e non le fece mistero delle proprie preoccupazioni; quindi prese da lei commiato, con affettuose espressioni, lasciandola in preda a cupa malinconia.

Nei giorni seguenti si moltiplicarono gli avvertimenti dei Liguri della montagna per segnalare l'atteggiamento sospetto degli stranieri, e l'avanzarsi dei loro esploratori.

Il Nibbio, da canto suo, si affrettò ad avvertire della minaccia, non solo i suoi Sabazi e i vicini Ingauni, ma gli Epanteri, nell'estremo occidente gli Intemelii, verso tramontana gli Statielli, i Cosmorati, e, ad oriente, i Veturii, i Genuati, i Tigulii, gli Ercati, i Lapicini, i Garuli.

Furono spediti messi a tutti gli alleati dei Liguri, per esortarli ad armarsi, a far incetta di viveri e ad inviare sollecitamente i propri contingenti nei punti designati, in vista delle prossime ostilità. Non tutti però risposero all'appello, sia perchè il pericolo non sembrava loro imminente, sia perchè già vincolati ai Romani, di cui conoscevano la potenza, da segreti accordi.

Altri emissari furono convocati dal Nibbio ed ebbero istruzioni particolareggiate, per assolvere un incarico, al quale attribuiva la più alta importanza in vista della guerra che stava per iniziarsi. "Avvicinatevi, egli disse a due giovani dalle membra nerborute e dal piglio audace, che gli venivano incontro, avvicinatevi ed ascoltatemi attentamente, perchè abbiate a condurre a buon fine l'impresa che intendo affidarvi. Per ciò non vi mancano forza, ardire ed abnegazione, ma son pur necessari prudenza e scaltrezza", soggiunse. - "Siamo pronti", rispose uno dei due che si chiamava l'Orba, ed era nato sulle pendici dell'Ermetta. E il Belloli, compagno di lui, accennò col capo che approvava. "Domani all'alba, continuò il Nibbio, partirete per il paese degli Statielli, ove solleciterete l'aiuto, che quella tribù ci ha già promesso contro il comune nemico. Ma non v'indugiate, importa proseguire quanto prima per adempiere allo stesso ufficio presso i Dertonini, e convien farlo con cautela, avendo noi qualche motivo di temere che le minacce e le lusinghe degli avversari riescano ad alienarli da noi e dai nostri alleati. Colà vi procurerete una guida sicura per il paese dei Velleiati, presso i quali non mancherete di perorare la nostra causa; ma importa che a Velleia facciate incetta di armi di bronzo: cuspidi di lancia, spade, pugnali, scudi ed elmi; e prendiate le disposizioni opportune acciocchè ci sieno tosto recapitate qui, presso la sede della tribù. Esibite in cambio di queste armi, in giusta misura, pelli, bovini e quanto altro siamo in grado di somministrare. Senonchè temo che a Velleia non possiate raggiungere l'intento, il metallo essendo colà troppo scarso. Sarà mestieri, se il timore fosse fondato, prolungare il vostro viaggio fino al paese degli Etruschi. Testimoni degni di fede mi assicurano che a Felsina e nei suoi dintorni hanno sede molti artefici abilissimi nella lavorazione del bronzo, e che i prodotti della loro industria sono spediti per via di traffici in lontani paesi; certo ne ricevono in copia quei di Luni e perfino i Genuati; ma da costoro non potremmo ottenerli perchè son ligi ai Romani. Faccio conto che entro una ventina di giorni siate di ritorno con sicuri affidamenti".

Il Nibbio si volse allora a due altri giovani, i quali intanto si erano uniti al crocchio, Porra e Berlenda, il primo alto e nerboruto, il secondo tarchiato e muscoloso, entrambi veri montanari, allenati alle più dure fatiche. "Dapprima, disse loro, visiterete gli Intemelii, e ricorderete la promessa che essi mi fecero di intervenire in nostro aiuto se saremo aggrediti, risalirete poscia la selvosa valle del Nervia, adoperandovi lungo il cammino a cementare l'amicizia degli Eburiati; varcata quindi la Cima Marta, scenderete lungo la Levenza fino alla terra dei Brigiani, e chiederete la loro alleanza, dimostrando quanto sia vantaggiosa per le due parti. Pervenuti alla Rutuba, che corre spumeggiando tra monti cavernosi, procurerete di guadarla e di procedere a ritroso dei suoi affluenti di destra per abboccarvi coi rudi alpigiani che esercitano la pastorizia in quelle gelide vallate, nelle quali vedrete le rupi coperte di segni bizzarri profondamente scolpiti.

"Esortate gli abitanti a prestarci il loro concorso, il quale sarebbe prezioso massime se riuscissero ad attaccare il comune avversario alle spalle.

"Costoro usano invocare le divinità delle montagne che hanno sede sulle vette nevose, fra le folgori e le procelle; scongiurateli di sollecitare per noi la protezione di sì potenti ausiliari.

"A destra della Rutuba incontrerete un piccolo affluente dalle acque spumose, che scaturisce da orride montagne, fra le quali regna perenne l'inverno, e raggiungerete così lo sbocco di uno scheggiato burrone, ove sogliono addensarsi nembi e tormente; è difficile che il viandante, penetrato fin qui non sia compreso da un senso di terrore, ma voi siete intrepidi e procederete senza esitare: ad un certo punto osserverete nella nuda parete del burrone scavi profondi, praticati dalla mano dell'uomo, e vedrete alcune misere capanne, entro le quali risuona perennemente il fragore dell'incudine percossa da pesanti martelli, e ardono vivide fiamme.

"Questa è la sede di alacri lavoratori, che conoscono l'arte di ricavare il metallo dalla pietra col magistero del fuoco. Essi sono assai esperti sul traffico, e, se riuscirete a cattivarvi la loro benevolenza, sapranno fornirvi preziose indicazioni acciocchè sia possibile provvederci presso le tribù galliche di quella regione le armi di ferro e di bronzo, delle quali abbiamo urgente bisogno per affrontare i nostri nemici colla sicurezza di vincere".

"Ti ringrazio, o Nasche, di aver ottemperato al mio invito, disse il Nibbio, recandosi incontro al vecchio, che a passi lenti si avvicinava, tu convocherai in breve gli anziani della tribù al Ciappo delle Conche, nel paese d'Orco, là ove i nostri antenati scolpirono sulle rupi figure misteriose. Ivi, compiute le consuete cerimonie, invocherete il favore della divinità che presiede alla guerra e le offrirete in sacrificio un ariete".

"Il tuo desiderio sarà soddisfatto, rispose Nasche, ma ben ricordo che in altri tempi Penn non si contentava di sì tenue omaggio e pretendeva sangue umano". "Non dubitare, replicò il Nibbio, anche questo sarà sparso a fiotti, non appena iniziato il conflitto".

I guerrieri alleati si raccolsero poco a poco, per parecchie vie, nei villaggi più appropriati alla difesa, in accampamenti improvvisati, nelle migliori posizioni strategiche ed anche in buon numero di castellari, fortezze primitive, circoscritte di doppia o triplice cinta di mura a secco e da profondi fossi; le mura erano rinforzate da torrioni, e, nell'interno, si erano costruiti, a complemento di tali opere, rozzi fabbricati di pietra a secco, destinati ad uso di abitazioni e di ripostigli dei viveri, come pure ampie cisterne.

Senonchè i Liguri si affidavano ben più che a tali difese, alla mobilità e alla rapidità straordinarie delle loro orde, al fatto che niuno poteva superarli nella resistenza alla fatica e al digiuno. Quando meno se l'aspettavano i Romani erano impetuosamente aggrediti dai Liguri, e, se questi incontravano energica resistenza, si squagliavano rapidamente come nebbia al vento, per tornar ben presto alla riscossa, insuperabili nella guerriglia e negli agguati, ma inabili a predisporre imprese militari che richiedessero lunga preparazione. Affermavano i loro avversari come fosse più facile vincerli che trovarli.

I Romani, cui premeva ristabilire le antiche comunicazioni fra la metropoli e le Gallie, in gran parte interrotte o guaste, molestati senza tregua dagli indigeni, tentavano di risarcire la via Postumia e l'Aurelia, che erano divenute in gran parte impraticabili, per fatto degli abitanti più che per effetto di cause naturali.

Trascorso appena un mese dall'annunzio pervenuto al Nibbio, una legione poderosa accampata sul pianoro delle Manie attendeva a predisporre e trasportare materiali da costruzione, affine di gettare un ponte attraverso alla forra sottostante.

I Liguri, rimpiattati fra le rupi o al riparo dei boschi, disturbavano da lungi i lavoratori colle fionde e le freccie, e si dileguavano non appena scoperti. Fuggivano a precipizio ogniqualvolta i nemici accennassero ad inseguirli. Se questi si lasciavano cogliere alla sprovvista e in piccolo numero, erano trucidati senza pietà.

Avvenne una volta che, per adempiere al compito loro affidato, alcuni legionari si avventurassero nel fondo di una forra, tra due alte pareti tagliate a picco, ed allora, quando meno se l'aspettavano, precipitata da avversari invisibili, piombò sul loro capo una valanga di massi. Non essendo loro possibile, a causa del loro pesante armamento, di raggiungere il sommo delle balze, nè potendo sottrarsi colla fuga all'assalto improvviso, soccombettero quasi tutti, orribilmente schiacciati. S'intende di leggeri come la guerra assumesse insolita violenza; i Romani, perciò, concepirono il proposito di abbreviarla con tutti i mezzi di cui disponevano, e divisarono all'uopo di rintracciare nei loro covi gli avversari più accaniti e di sterminarli.

Affine di raggiungere l'intento, il capo supremo delle legioni ordinò ad alcuni fra i centurioni più sagaci ed animosi di perlustrare di nottetempo gli accampamenti dei Sabazi, per rendersi conto delle loro forze; doveva inoltre adoperarsi a scoprire i loro segreti rifugi.

I prigionieri.

Uno dei più audaci esploratori, Sestio, accompagnato da un ausiliare di Massilia, che aveva nome Pitea, si lasciò cogliere incautamente in un agguato tesogli dai Liguri, e dopo aver tentato invano di raggiungere i suoi, combattendo strenuamente, fu preso insieme al suo compagno e legato.

Sestio, giovane di famiglia patrizia, ricordava nell'effigie la figura ben nota di Giulio Cesare. Egli, insinuante, sagace e valoroso, si riprometteva dalla guerra gradi ed onori, ed intanto aveva saputo cattivarsi la fiducia dei capi; dal portamento nobile come dal parlare eletto, si rivelava in lui l'abito di chi suol comandare.

Non così Pitea, che si poteva dire un soldato d'occasione; di piccola statura, tarchiato, pingue, col capo voluminoso, la fronte sporgente, il naso rosso e rincagnato, le sopracciglia e la barba folte e brizzolate, era quasi calvo; in complesso aveva il fisico di un Sileno, cui corrispondeva l'indole gioviale e la predilezione per le bevande fermentate. I capi degli invasori lo tenevano in gran conto per la sua cognizione dell'ambiente locale, acquistata trafficando coi Liguri, e per la sua scaltrezza.

L'uno e l'altro non portavano divisa militare, e vestivano un lungo saio bruno, simile a quello che usavano i commercianti di Massilia e di Nicea. Non possedevano, nel momento della cattura, che uno stile, il quale fu loro tolto, appena caduti in potere dei Liguri.

Condotti al cospetto del Nibbio, i due prigionieri si aspettavano la condanna capitale; senonchè una parola supplichevole di Ero, bastò perchè la sentenza non fosse pronunziata. Per ordine del capo dei Sabazi essi furono tradotti, sotto buona scorta, all'Armassa, una delle più recondite sedi della tribù: colà si sarebbe decisa la loro sorte; ma non dubitavano che li attendesse il supplizio, forse la lapidazione, bene spesso praticata a danno dei nemici, in casi consimili.

La caverna in cui furono condotti i due guerrieri, una delle più spaziose della Liguria, si apre in riva al mare, nel promontorio della Caprazoppa, che è coperto fino ad una certa altezza dalle arene di una mobile duna. Per il fatto che è difficilmente accessibile e si presta alla difesa, i Sabazi la consideravano come valido propugnacolo e vi custodivano i prigionieri.

Allorchè i due stranieri vi giunsero, scortati da quattro indigeni armati fino ai denti, la grotta era occupata da un presidio di una dozzina di uomini, tra questi il Cornei, accompagnato da Nida, alla quale era affidato il compito di ammanire il pasto per tutti.

Penetrando nella rupestre prigione, Sestio esclamò rivolto al compagno: "a noi non rimane che predisporci alla morte. Vedranno costoro come io serenamente l'aspetti"; ma il suo compagno, che teneva la vita in gran conto, era assai meno rassegnato e malediceva il destino che l'aveva indotto ad assumere una missione temeraria.

Intanto Nida osservava l'aspetto giovanile e il portamento dignitoso di Sestio, provando per lui un senso di viva commiserazione, dal quale germogliò ben presto il pensiero di sottrarlo alla sua triste sorte.

La donna si fece allora a distribuire idromele ai guerrieri addetti alla vigilanza dei prigionieri. La stanchezza e la bevanda inebbriante non tardarono ad esercitare sui Liguri un'azione sì deprimente che l'uno dopo l'altro si accoccolarono appoggiati alla propria lancia, chiusero gli occhi e si abbandonarono al sonno. Quando, a notte fatta, parve a Nida che il momento fosse opportuno, si avvicinò al romano fingendo di porgergli da bere, e, non vista, sciolse i suoi ceppi, additandogli silenziosamente l'uscita della grotta. Sestio alla sua volta, si affrettò a liberare il compagno, ed entrambi, procedendo carponi, varcarono la soglia e, spiccato un salto sulla rena sottostante, si diedero a precipitosa fuga.

Uno dei dormienti, destato all'improvviso dai passi dei due stranieri, mise un grido di allarme, e tosto tutto il campo, levato a rumore, si fece ad inseguire i fuggiaschi. Questi si dissimulano fra i cespugli, e, ad onta dell'oscurità, sono bersagliati dalle freccie, finchè Pitea, rallentata la corsa per attirare su di sè l'attenzione e salvare il compagno, vien colpito nel fianco e cade.

Mentre i Liguri s'indugiano attorno al ferito, che sta per soccombere, Sestio raddoppia di velocità, si sottrae ai suoi persecutori e, superati balze e burroni, guadato un impetuoso torrente, raggiunge estenuato dalla fatica, le prime scolte di una legione romana accampata in una radura.

È facile immaginare con quanto giubilo fosse accolto dai suoi commilitoni il giovane scampato da sì grave cimento. Egli si affrettò a render conto ai suoi capi delle proprie vicende, ad informarli delle posizioni occupate dal nemico e delle forze di cui questi disponeva.

La pugna decisiva.

Un gran numero di Liguri si era raccolto in un campo trincerato degli Ingauni, allo scopo di prendere gli ultimi accordi prima di muovere contro l'oste nemica accampata nella valle del Neva.

Essi erano divisi per tribù o meglio per gruppi, preceduti dai propri capi, e, per la diversità delle armi e la bizzaria delle acconciature, offrivano uno spettacolo assai pittoresco. Spiccavano nel numero i Liguri alpini dal piglio truce, incappucciati e coperti di pelliccie, ed erano armati di fionde, archi e frecce. Fra questi non mancavano espertissimi frombolieri. I Capillati si distinguevano dagli altri montanari per le chiome profuse ed ondeggianti, delle quali si mostravano superbi. I capi degli Ingauni portavano sul capo un sottile cerchio d'oro, ed erano muniti al pari dei gregari, di piccolo scudo oblungo e di lancia. I Sabazi brandivano ascie litiche e mazze da guerra munite di anelli di pietra; portavano pure archi e frecce. I Genuati e i Veturii facevano pompa di elmo e spada di bronzo. I militi Apuani erano armati di lancia dalla cuspide metallica. Intorno ai guerrieri erano raccolte molte femmine, curve sotto il peso degli approvvigionamenti, ed insieme ad esse completavano la scorta di viveri armenti di ovini; poche bestie da soma, cioè piccoli cavalli, rendevano scarsi servizi, a causa del terreno accidentato.

La moltitudine dei Liguri era solo vincolata dall'odio che la sospingeva contro il comune nemico. Ogni tribù, d'altronde, riconosceva solo l'autorità di un capo elettivo, e combatteva tumultuosamente e in disordine, talvolta però con impeto irresistibile.

L'istinto e la lunga consuetudine, ben più che disegni ben meditati, suggerivano loro ingegnosi artifizi per cogliere il nemico all'improvviso e sopraffarlo. La perfetta cognizione del terreno, l'attitudine a superare facilmente passi per altra gente impraticabili, la rapidità colla quale si trasferivano fra punti assai lontani, malgrado l'asprezza del terreno, la resistenza alla fatica, alle intemperie e al digiuno li rendevano formidabili.

Nell'esercito invasore il corpo principale, costituito di vecchie milizie esperte nella guerra e disciplinate, era in gran parte armato di aste e di brevi spade acuminate, a due tagli. Quasi tutti portavano elmo di ferro arrotondato, senza cresta nè cimiero, corazza formata di squame imbricate e grande scudo di ferro, di forma ovale. Da lontano si vedeva scintillare, nel mezzo di ciascuna coorte, l'aquila d'oro della rispettiva insegna, custodita da un centurione.

La cavalleria, che di solito occupava le ali di ciascuna legione, era in questo caso raccolta alla coda, mancandole lo spazio di svilupparsi lateralmente. I cavalli, assai piccoli, ma vigorosi, e provvisti di ampia sella e di gualdrappa a vivi colori, portavano militi armati di lunga spada e muniti di piccolo scudo rotondo e di elmetto.

A destra e a sinistra le colonne erano fiancheggiate di milizie leggere, in gran parte costituite di ausiliari greci e baleari. Alcuni, privi di corazza e di elmo, combattevano colle fionde, con giavellotti acutissimi e pugnali; altri portavano aste brevi e piccolo scudo rotondo. Non mancavano numerosi ausiliari inermi, che avevano per ufficio di sottrarre i feriti dalla mischia e di portarli in salvo.

Il conflitto si iniziò con scaramucce d'avanguardia, alle quali parteciparono quasi esclusivamente, da parte dei Liguri e dei Romani, arcieri e frombolieri.

Di poi, le opposte schiere si avvicinarono e impegnarono la zuffa a corpo a corpo con accanimento. Assillati dalla penuria di viveri, gli uni e gli altri agognavano una sollecita fine della guerra per tornare alla quiete della abituale residenza.

Superato il Colle di Nava, i Romani discendevano lentamente nella valle dell'Arroscia, respingendo i gagliardi assalti che i Liguri sferravano alla fronte e ai fianchi. Precedevano in file serrate gli astati protetti dai grandi scudi, ed erano seguiti da altre file più rade, fra le quali potevano insinuarsi le prime, se avessero incontrato troppo viva resistenza. Pervenute ordinatamente alla confluenza dei tre fiumi impetuosi, che si congiungono nel Centa, esse si spiegarono in formazione più estesa e meno profonda, respingendo vigorosamente gli avversari verso i colli di Bastia.

Dal campo di battaglia, calpestato da sì numerosi fanti e cavalli, si sollevava fitta polvere, che offuscava l'aria, occultando l'uno all'altro gli opposti manipoli. Intanto, risuonavano i metalli percossi, gli squilli stridenti delle trombe romane e il cupo muggito delle conche marine dei Liguri; di tempo in tempo coprivano ogni altro frastuono le grida selvagge di costoro, mentre muovevano all'assalto.

Nella notte grandi fuochi accesi sulle più eccelse vette segnalavano agli abitanti le mosse dell'invasore. Accusavano, durante il giorno, la sua avanzata le colonne di fumo che si levavano dai paghi incendiati.

I Liguri tentarono più volte invano di sfondare la salda compagine delle milizie nemiche, le quali, efficacemente difese dall'elmo, dalla targa e dalla pesante corazza, non subivano che lievi perdite, pur facendo macello degli avversari. Ad un certo punto, mentre squillavano le loro trombe, si aprirono le file degli invasori e lasciarono libero il varco a parecchi manipoli di cavalleria, che fino allora erano rimasti dissimulati dalla fanteria. Questi si scagliarono di galoppo sopra il nemico, e in men che non si dice lo sgominarono, lo costrinsero alla fuga e, coll'ausilio dei triari, lo inseguirono in ogni senso. I conati di reazione, sempre più fiacchi, furono facilmente repressi. Non appena cominciò a rallentarsi l'impeto dei destrieri, buon numero di giovani Ingauni ignudi, armati di pugnali, s'insinuarono carponi fra i combattenti, affine di ferire i cavalli nel ventre; ma l'audace tentativo fu rintuzzato dalle rapide mosse e dalle pronte difese degli aggrediti, che lasciarono gli assalitori malconci, quale trafitto di lancia, quale pesto dai quadrupedi.

Intanto, il suolo era sparso di cadaveri, e molti feriti, che giacevano fra i morti, aspettavano invano qualche soccorso. Al tramonto si udì il lugubre gracidare dei corvi che calavano sul campo di battaglia. Gli uccellacci neri già erano stati preceduti dai cani randagi nel far scempio dei cadaveri.

Rinnovatasi la lotta nei giorni successivi, ebbe solo per risultato di affermare la vittoria dei Romani, i quali non cessarono di progredire lungo il littorale, ove erano i principali rifugi dei Liguri. Altre colonne romane scendevano simultaneamente a marcie forzate per le valli del Sansobbia e del Letimbro, chiudendo ogni via di scampo ai Sabazi ed ai loro alleati dal lato di levante. Dopo essersi impadroniti dell'Armassa, sopra la duna delle Arene Candide, posero l'assedio dinnanzi alle maggiori caverne, si inoltrarono e investirono le più valide posizioni di quei terrazzani, vale a dire la balza di Montesordo e la grotta Pollera. La condizione degli assediati si fece allora disperata.

Convien dire che l'oste nemica era stata segretamente edotta del rifugio cercato nella caverna dai capi dei Liguri e dalle loro famiglie. Taicina, già da me ricordata, sospinta dall'odio feroce che nutriva per il Nibbio e per la sua compagna, aveva fornito in proposito informazioni sicure e particolareggiate.

Essa, percorrendo nel cuor della notte aspri sentieri e sfidando il pericolo di essere scambiata per una esploratrice in servizio dei Liguri, si era avvicinata, non vista, al campo romano, riuscendo nel suo proposito di tradimento, e perfino aveva profferto di guidare gli invasori fino alla bocca del sotterraneo che doveva servire di propugnacolo ai Liguri.

Il Nibbio imperterrito, era presente ovunque imperversava la mischia, non curante del pericolo. Sereno e sorridente, brandiva la sua ascia di guerra lorda di sangue e, volgendosi ai pochi guerrieri che l'avevano seguito, li incitava alla lotta. Il valoroso manipolo, vedendo avanzarsi una coorte colle spade sguainate, l'investì con tanto furore che nell'urto scudi ed elmi furono infranti, si sparse il sangue a fiotti, e molti caddero trafitti; ma ben presto si addensarono sì numerosi i Romani intorno ai Liguri superstiti, da chiuderli in un cerchio di ferro. Fulvio, il capo supremo dei primi, ammirato dal contegno di quel pugno d'eroi, intimò loro la resa, assicurandoli che avrebbero salva la vita; ma il Nibbio respinse sdegnosamente la profferta.

Singolar tenzone.

Fulvio accoglie allora il suggerimento di Sestio e, per bocca di costui, invita il nemico a designare uno dei suoi guerrieri, il quale abbia a cimentarsi in singolar tenzone contro uno dei Romani all'uopo prescelto. Se il Ligure, soggiunge, riuscirà vincitore, gli assedianti si ritireranno liberamente nei loro oppidi, sgombrando tutta la regione litorale e le sue adiacenze; ma, se invece sarà soccombente, le tribù deporranno le armi e subiranno la sorte dei vinti, essendo salve le vite. Cesserà così una inutile effusione di sangue.

Il Nibbio, che reputa disperata la sorte dei suoi, accetta senza esitare siffatte condizioni. Fulvio designa tosto per campione dei legionari il mercenario Urus. Da parte dei Liguri vien scelto Odé; e di comune accordo è concesso al primo l'uso della lunga spada dell'ampio scudo, cari alla sua nazione, mentre si lascia libero il Ligure di affidare la propria sorte, come egli desidera, all'ascia di pietra affilatissima, immanicata in un ramo d'albero. Egli, inoltre, avrà facoltà di avvolgere una pelle d'ariete intorno al braccio sinistro, per parare i colpi dell'avversario.

Entrambi si spogliano di ogni indumento, e si dispongono l'uno di fronte all'altro, sopra uno spazio pianeggiante poco lontano dalla Pollera, mentre i guerrieri liguri e romani fanno circolo intorno ai due campioni. Tra l'uno e l'altro non potrebbe esser maggiore il contrasto: Urus è alto, muscoloso, tarchiato, barbuto; il suo capo enorme è coperto di una chioma rossiccia, tutta arruffata. Nella fronte bassa, nelle mandibole robuste, nelle braccia villose trasparisce la sua forza brutale, cui si unisce l'indole feroce, accusata dall'ampia bocca atteggiata a sogghigno e dai piccoli occhi tondi, iniettati di sangue.

Quanto è diverso Odé! Piccolo, mingherlino, ossuto, si distingue pel capo singolarmente allungato, coperto di cappelli crespi nerissimi, e per gli zigomi prominenti. Il suo volto è illuminato da occhi vivi e penetranti, assai mobili, infossati in occhiaie profonde e quadrate; ha il mento quasi imberbe. Nell'espressione del suo volto arcigno si legge ad un tempo l'energia e l'astuzia. Oltre alla forma del capo e alle fattezze, l'esilità degli arti non conferisce venustà alla sua persona, la quale tuttavolta si palesa nelle movenze singolarmente agile e svelta.

Mentre dai maggiorenti dei due campi si stabilivano i termini della tenzone, un gruppo di Liguri che stava un po' appartato, mormorava sogghignando. E uno di loro disse ad alta voce, per modo che fu udito da tutti: "ecco a quali estremi ci ha condotti il Nibbio! Non sarebbe stato preferibile, nell'interesse della tribù, cedere alla forza preponderante dei Romani, come già fecero in altri tempi i Genuati e gl'Intemelii? A che giova resistere ad oltranza? L'eccidio dei nostri non servirà che ad appagare lo stolto orgoglio del capo". Ma il Cornei, il quale, frattanto, si era avvicinato all'oratore, lo apostrofò con violenza, accusandolo di codardia. "Tu, esclamò, che sei più lento della testuggine se muovi all'attacco e metti l'ali ai piedi quando fuggi, tu sei incapace di apprezzare i sensi generosi del Nibbio; l'animo tuo non sa distinguere la libertà dalla soggezione e non ascolta che i vili suggerimenti del ventre!"

I giudici del campo danno il segno convenuto ai due avversari perchè sia iniziato il combattimento, percuotono cioè tre volte coll'elsa della spada uno scudo di bronzo. Al terzo tocco il gigante comincia a vibrare formidabili fendenti sull'esile Ligure; ma questi si schermisce con mirabile agilità, balzando ora da un lato, ora dall'altro. La sua ascia di pietra non rimane inoperosa e cade più volte con alto frastuono sullo scudo di Urus, il quale tuttavolta rimane incolume.

Ad un certo punto, un piccolo cane da pastore, insinuatosi fra gli spettatori, si avvicina ai combattenti e si avventa sull'ausiliare, abbaiando furiosamente e addentandogli un polpaccio. Cessò un istante la lotta, e l'imprudente quadrupede, colpito da un'asta romana pagò colla vita il fio della sua audacia. Il campione dei Romani ripiglia tosto a roteare la spada con rinnovato furore, e questa volta riesce a ferire l'avversario, trafiggendogli il braccio sinistro, mal difeso dalla pelle d'agnello che apparisce rossa di sangue. Il Ligure, che sembra stanco, vacilla, indietreggia di qualche passo, quasi per sfuggire al ferro che lo incalza, poi ad un tratto, si arresta e scaglia, con forza, la propria arma sul nemico, il quale, colpito nel collo, stramazza come corpo morto, perdendo fiotti di sangue dalla carotide recisa.

L'esito inaspettato della tenzone suscita accenti d'ira e vive proteste da parte dei Romani, che accusano Odè di frode, mentre i suoi compagni lo acclamano vincitore. La controversia si inasprisce, degenera ben presto in zuffa: la peggio tocca ai Liguri, i quali, sopraffatti, volgono in fuga e cercano rifugio nella vicina caverna, ove già si erano raccolte le donne e i bambini, come nel più sicuro dei nascondigli.

I Romani domano il nemico col fuoco.

Irritato di veder così delusa la sua aspettativa, e risoluto a troncare ogni altro conato di resistenza, Fulvio impone ai Liguri la resa a discrezione; e, siccome non rispondono, ordina alle sue milizie, di accumulare stoppie, fascine e rami d'albero alla bocca della spelonca.

Considerando i suoi come irreparabilmente perduti, il Nibbio bramava che le donne (fra queste Ero e Nida) e i fanciulli uscissero dalla grotta e si affidassero alla generosità del nemico; ma alle sue ingiunzioni furono sorde le spose, le sorelle e le madri. Tutte ad una voce dichiararono che non intendevano separare la propria sorte da quella degli uomini. "Noi pure, esclamarono, noi pure sapremo morire!"

Il crepitìo e il denso fumo annunziarono come fosse iniziata contro quei miseri l'estrema rappresaglia. In breve divamparono le fiamme e raddoppiò il fumo. Da principio i condannati all'orribile supplizio si sottrassero all'asfissia, insinuandosi nelle anfrattuosità più remote del sotterraneo, ma a poco a poco anche in queste l'aria si fece irrespirabile. Alcuni riuscirono a ritardare la propria fine avvicinando la bocca ad esili fessure della roccia che mettevano all'esterno; fu però breve indugio. Da prima rimasero soffocati i bambini e i vecchi, poi tutti caddero tramortiti.

I pianti, le imprecazioni e i gemiti che echeggiavano sotto quelle volte sinistre, illuminate dal bagliore delle fiamme, grado grado si affievolirono, e regnò in breve un silenzio di tomba.

Allorchè furono rimossi dagli assedianti i tizzoni ancora fumanti, che ingombravano la apertura della caverna, apparve in tutto il suo orrore l'eccidio compiuto. Il suolo era sparso di corpi umani aggrovigliati, molti dei quali accusavano coi loro atteggiamenti gli spasimi sofferti dai vinti! Pochi respiravano ancora; fra questi il Nibbio, che fu sollecitamente assistito.

Gli episodi coi quali si chiudono le scene che mi studiai di adombrare non sono strettamente connessi alle vicende narrate fin quí, perchè non figurano in tutti i medesimi personaggi, e si produssero più tardi. Essi spargono tuttavolta uno sprazzo di luce sulla evoluzione subita dai Liguri, ed accennano, da una parte, al fatto che, esteso e rinvigorito il dominio romano, essi, ad onta di reiterate ribellioni, si piegarono finalmente alla nuova signoria, e, dall'altra, al sorgere e al diffondersi del Cristianesimo, il quale, mitigando i costumi, affievolì gradatamente l'ostilità che divideva i vincitori dai vinti e diede origine ad una nuova era e ad un nuovo popolo.

Il sacrifizio propiziatorio e gli Apostoli.

Invito il lettore a seguirmi entro una capace spelonca, nella quale penetra liberamente l'onda azzurra del golfo vadense. Per la bizzaria delle sue concrezioni lapidee, per le tinte armoniose di cui la colora il riflesso delle acque, sembra predisposta a dimora di misteriose divinità marine. Essa è invece il tempio in cui i Sabazi fedeli alle antiche tradizioni celebrano i loro riti. Nella sua parte più addentrata, fra strane colonne stalattitiche, si indovina più che non si vegga, nella penombra, un rozzo altare di pietra greggia, sul quale sorge il simulacro di un mostro alato dalla lunga coda serpentina; ai due lati ardono due faci fumose. Dinanzi al drago sono prostrati in atto d'adorazione parecchi Liguri dal volto arcigno; altri stanno assicurando ad un ceppo un misero fanciullo, per offrirlo in olocausto all'idolo sanguinario, e tentano di soffocare i gemiti della vittima, col battere concitato dei tamburelli. Costoro sperano di placare col nefando sacrifizio l'irata divinità e ne impetrano la protezione per la salvezza della tribù.

Colà e presso quella gente primitiva, che viveva incessantemente sotto l'incubo di credenze superstiziose, uno dei più temuti spiriti malefici era venerato sotto la forma di un mostro, rozzamente scolpito in un tronco d'albero. Più tardi, cioè dopo l'avvento del Cristianesimo, colla stessa figura erano simboleggiate l'idolatria e l'eresia.

Comparisce da lungi al largo, e si avvicina rapidamente, una esile navicella sospinta dalla brezza verso la riva. Cade la vela, e, malgrado le imprecazioni e le minaccie di coloro che adorano l'idolo, approdano e scendono a terra nell'interno della grotta, due vecchi venerabili, coperti di tonache bianche e di lunghe stole. Eugenio e Vindemiale appariscono allora circonfusi dalla vivida luce del tramonto, mentre i cavernicoli retrocedono sbigottiti. Il primo avvolge la propria stola attorno al simulacro, lo trascina alla sponda, quindi lo precipita in mare. "Sii tu annichilito, idolo mendace, esclama, libera l'animo di costoro dalla tua suggestione scellerata, cessa di occultare la luce divina che li attira!" Profferiva poi la formola consacrata per l'esorcismo: "Exi anathema, non remaneas nec abscondaris in ulla compagine membrorum aut flatu". Gli idolatri, convulsi ed atterriti, piegano il capo e si prostrano. Vindemiale scioglie intanto i vincoli della vittima apprestata per il sacrifizio, e bandisce con parola inspirata la nuova legge, fondata sulla fede, sulla misericordia divina e sul perdono delle offese.

Il Battesimo.

Ed ora, trasportiamoci sulle rive del Centa in un antico tempio pagano da poco adibito al nuovo culto, il quale va rapidamente diffondendosi nella regione:

Dall'alto del pulpito, Eugenio scongiura i Liguri e i Romani raccolti intorno a lui di metter fine alle secolari discordie: "Sabazi, Ingauni, Intemelii, Statielli, Veturii, Genuati, Apuani, voi tutti, vigorosi Liguri alpini, voi pure soldati che combattete strenuamente per l'impero di Roma, voi venuti dall'Apulia, dalla Bruzia, dalla Campania, dall'Etruria, e quelli del pari tratti fin qui dalle Gallie e dall'Iberia remote, esclamò Eugenio, cessate dallo straziarvi a vicenda, smettete di perseguitare gli innocenti, di brancolare nelle tenebre adorando idoli mendaci! Aprite gli occhi alla verità, alla grazia, e seguite omai volonterosi le vie del Signore!"

"L'acqua battesimale cancellerà dall'anima vostra le stimate del peccato originale, e per essa vi sarà riserbato il gaudio ineffabile degli eletti. Non sieno più fra voi capi e gregari, padroni e schiavi; ma tenete gli altri uomini, a qualunque popolo appartengano, quali fratelli!"

Si svolse allora una lunga teoria di neofiti in tonaca bianca, e procedette lentamente col capo chino e le braccia incrociate sul petto, cantando una nenia appena modulata. Queste presso a poco le loro parole:

"Tu pietoso e onnipotente

Benedici la tua gente

E conforta il nostro cuore,

Dio di pace, Dio d'amore.

Dal peccato riesca monda

L'alma nostra per quest'onda.

Deh! ci accogli nel tuo gregge

E c'insegna la tua legge".

Il corteo si dispose poscia attorno alla fonte battesimale, che occupava il centro dell'edifizio. Mentre l'apostolo pronunciava la formula di rito, colui che procedeva in testa alla fila si avvicinò alla vasca, si volse prima ad occidente poi ad oriente, indi si tuffò tre volte nell'acqua coll'aiuto del santo; agli altri neofiti fu impartito il battesimo con ugual cerimonia. Echeggiò allora un inno di lode al Creatore, e si terminò così la funzione, colla quale si iniziava nella Riviera Ligure una nuova èra memorabile della evoluzione storica e sociale di quel popolo primitivo, del quale mi sono studiato di porre in luce, col mio racconto, l'indole, i costumi e le traversie.

Compiuta l'immane tragedia testè descritta, parve al capo delle legioni che fosse fiaccata la resistenza dei Sabazi, ed allora si affrettò di annunziare la propria vittoria all'Imperatore. "Colle armi, egli scrisse, obbligai il nemico a rifugiarsi nei più remoti recessi per l'estrema difesa; colà, mediante il fuoco, lo domai e lo vinsi". Volendo dar prova di generosità, egli ordinò quindi che il Nibbio, scampato al disastro, fosse soccorso, poi lasciato libero, ma strettamente vigilato.

La disperazione e la morte del Nibbio.

Costui poco a poco si riebbe; ma rimase qualche tempo come sbalordito, e solo quando gli fu dato di veder l'indomani le vittime dell'eccidio si rese conto della catastrofe che aveva subita la sua tribù e della perdita crudele da lui sofferta nella persona di Ero. Dopo un breve periodo di muta disperazione egli proruppe in lamenti e in lacrime. "Non vedrò più, esclamò, il tuo sorriso incantevole, il fulgore dei tuoi occhi, non potrò più udire la tua voce armoniosa! Si è spenta per me la luce dell'anima!"

"Perchè, mia diletta, volesti morire? A me solo, che non seppi provvedere alla salvezza comune, a me solo spettava il sacrifizio! Ed ora, privo di te, perduti i miei più fidi compagni, a che mi vale questo misero avanzo di vita?"

La memoria di colei che aveva manifestato sì fervida simpatia per la nuova fede propagatasi dall'estremo oriente, la speranza di ritrovarla in un mondo migliore indussero forse il guerriero a sollecitare il battesimo.

Al Nibbio, il quale dopo l'eccidio della Pollera era stato tenuto d'occhio, o meglio sottoposto a rigorosa sorveglianza da parte della autorità romana, fu un giorno impartita l'intimazione di trasferirsi presso la sede del comando supremo, ove Fulvio intendeva trattenerlo a segreto colloquio. Egli non si sottrasse, e ben presto si trovò al cospetto del vincitore. Questi l'accolse con piglio soldatesco ed amichevole ad un tempo, e gli disse: "Avrei potuto condannarti a morte, oppure cingerti di ceppi; era in mia facoltà inviarti a Roma perché ivi la tua presenza facesse fede della mia vittoria. Ma apprezzo altamente il tuo valore e sdegno di umiliare in te il nemico vinto; agogno piuttosto di farmene un amico, ciò nell'interesse di Roma e della Liguria. Mi lusingo di indurti ad ammirare non solo la potenza, ma anche la generosità della mia Nazione, dalla quale, se voi Sabazi cesserete di osteggiarci, potrete aspettare benefizi e favori nell'ordine materiale e nel morale. Dicano i Genuati, i Dertonini, gli Intemelii quanto ottennero da noi pur senza sacrificio delle loro franchigie".

"Ben conosco la potenza dei Romani e so come sieno maestri nell'arte di vincere e di soggiogare gli altri popoli, replicò il Ligure; accetto, soggiunse, il dono della vita, quantunque abbia ormai scarso valore per me, l'accetto a patto però che non sia subordinata ad alcuna soggezione, e non mi sfugge il significato delle tue lusinghe. Il mio contegno sarà quello che i voti della mia tribù e i vostri atti mi suggeriranno. Mi chiamano il Nibbio, e tu forse non ignori che questo indomito rapace, il quale suol librarsi fra le più alte nubi, se vien preso dal cacciatore e tarpato delle penne maestre, pur essendo provvisto di copioso cibo, tosto intristisce e muore. Io non mi sento da meno di quel pennuto, e non saprei vivere privo di libertà, di quella libertà di cui ho goduto da chè i miei occhi si sono aperti alla luce".

Mentre il nostro eroe si aggirava presso la Pollera in preda ai più tristi pensieri, gli si parò dinnanzi una donna scarmigliata, che aveva impresse sul volto le stimate della disperazione. Taicina, era dessa, si prostrò lagrimando dinanzi al giovane e disse: "fui io, pur troppo, che, accecata dall'ira, suscitata dal tuo disprezzo, insegnai al nemico la via della caverna, estremo rifugio dei Sabazi. Non sapevo quello che io facessi, e, solo quando era troppo tardi, conobbi l'enormità del mio delitto. Ora, pentita, imploro il castigo che meritai ed aspetto la morte dalle tue mani". "Togliti dalla mia presenza, femmina disgraziata, ed espia col rimorso la tua colpa, rispose il Nibbio; per me è vana la vendetta. Io mi sento incapace d'odio, d'amore e di speranza!"

L'indole dell'intrepido campione dei Sabazi si era intanto singolarmente mitigata: non più insofferente di contraddizioni, si mostrò tollerante e mite per coloro che disconoscevano la sua autorità; le offese non suscitavano più in lui propositi di vendetta. Si fece protettore degli umili e dei deboli, e si adoperò ogniqualvolta poteva nel difendere le donne e i bambini dai maltrattamenti cui bene spesso erano assoggettati da parte dei loro famigliari. Egli divenne attivo fautore di pace e di concordia.

Convien dire che, cessata la lotta, i Romani procuravano di occupare e presidiare fortemente le posizioni strategiche della regione ligure, e di estendere pacificamente la loro penetrazione col promuovere l'impianto di piccole stazioni, nelle quali si adoperavano a favorire i contatti amichevoli degli indigeni cogli invasori.

Avvenne in quel volger di tempi che nascesse un fiero contrasto fra Sabazi ed Ingauni della montagna, per l'uso di alcuni pascoli. La contestazione si inasprì a tal segno da trascendere in zuffa. Secondo il consueto, il Nibbio, sollecitato dai suoi conterranei, si reco in veste di paciere presso i contendenti e, mentre accanitamente combattevano, non si peritò di inoltrarsi, disarmato, fra loro, scongiurandoli di desistere dalla lotta fraterna. Pur troppo non fu visto o non fu conosciuto, e, quantunque fosse dalle due parti amato ed onorato, rimase trafitto nel fianco destro da una zagaglia scagliata con insolita veemenza. Egli s'inginocchiò sul terreno arrossato dal suo sangue, gridando con voce fioca: "pace, pace!" ed alzando le mani: tentò allora di estrarre il dardo, che era rimasto confitto nella ferita, e cadde svenuto. Taicina, che era poco lontana, accorse immantinente, sedette sul suolo insanguinato, appoggiò sul proprio grembo il capo del ferito, e raccolse piangendo l'ultimo anelito dell'intrepido guerriero.

Non è a dire come, appena caduto il Nibbio, cessasse d'un tratto, per comune consenso, la lotta omicida, e quanto Ingauni e Sabazi deplorassero unanimi, dal più profondo del cuore, il funesto evento. Rimase loro soltanto lo sterile conforto di celebrare solenni esequie in onore dell'estinto, e sulla tomba appena dischiusa giurarono che tra i Liguri la pace sarebbe durata perennemente, proposito vano, il quale doveva essere dimenticato prima che fossero appassite le pratoline sparse in quel momento nei pascoli, funesta eredità di discordia che incombeva sulla nostra gente e si perpetuava nelle generazioni future.

Il corpo del guerriero fu pietosamente deposto nella fossa, che già accoglieva la sua lagrimata compagna, sotto la volta nera della spelonca, in cui si era compiuto col fuoco e col fumo l'eccidio dei Sabazi.

A PAG. 1 [I precursori, 1° capoverso] — Nella caverna del Principe, ai Balzi Rossi (Liguria occidentale) gli scavi eseguiti per conto del sovrano di Monaco rivelarono ad uno dei livelli più profondi, che il Prof. M. BOULE designò colla lettera D, spoglie di Hyaena crocuta, ver. spelaea (si veda l'opera monumentale intitolata: Les grottes de Grimaldi, Monaco, 1907).

La così detta Grotta dei Bambini dava ricetto, alla profondità di m. 7,75 ad ossa del medesimo carnivoro. Per maggiori schiarimenti si può consultare il I° vol. degli Atti della Società Italiana per il Progresso delle Scienze. Riunione di Parma, Roma, 1908.

A PAG. 2 [I precursori, 5° capoverso] — Le affinità scimiesche dei primi abitanti della Liguria sono qui accennate, non già in base ad una ipotesi arrischiata, ma in seguito ad osservazioni esaurienti compiute dall'antropologo VERNEAU intorno ai due scheletri umani scoperti nel livello ossifero più profondo della caverna dei Bambini (Balzi Rossi) nel corso degli scavi eseguiti per conto del Principe di Monaco (si veda la memoria intitolata: L'Anthropologie des grottes de Grimaldi, Congrés intern. d'Anthrop. et d'Archéol. préhist., XIII Session. Monaco, 1907).

A PAG. 5 [I precursori, 13° capoverso] — Fin dal 1879 l'autore diede la descrizione in un volume degli Annali del Museo civico di Storia naturale di Genova di due molari di piccolo mammut, scoperti nel territorio di Camporosso, in val di Nervia.

A PAG. 12 [La caccia, ultimo capoverso] — Durante i tempi preistorici le caverne della Liguria servivano di rifugio e di nascondiglio a parecchie specie d'orsi, le quali vi si ritiravano per allevarvi la prole o per morire quando, per vecchiaia, per infermità o ferite, erano ridotti a fin di vita. Ciò spiega come in alcune spelonche si trovino gli scheletri di centinaia d'individui di ogni età.

A PAG. 13 [La conquista della sposa, 2° capoverso] — L'antico costume di coloro che, per contrarre matrimonio con una fanciulla, la strappavano colla violenza ai suoi famigliari, è attestato dalla consuetudine, ancora vigente pochi anni or sono in Liguria e in altre regioni, di simulare, per parte del fidanzato, il rapimento della sposa, malgrado la resistenza opposta dai parenti di lei, con una finta lotta, nella quale non si risparmiano gli spari, a polvere, di moschetti e pistole.

A PAG. 23 [La caverna Pollera, 3° capoverso] — Certi indizi, in ispecie il ritrovamento nelle caverne, che servirono d'abitazione durante i tempi neolitici, e principalmente i residui di cibo, alterati dal tempo, osservati alla superficie di alcuni cocci (fondi di pentole), accusano presso gli antichi Liguri l'uso di un cereale, probabilmente l'orzo.

A PAG. 24 [La caverna Pollera, 4° capoverso] — La piccolezza delle impronte digitali lasciate alla superficie delle terre cotte lascia argomentare che i figulini fossero donne e fanciulli.

A PAG. 24 [La caverna Pollera, 4° capoverso] — Nelle caverne delle Arene Candide e Pollera si rinvennero, oltre alle accette e agli scalpelli di pietra verde (alcuni di tenacissima giadaite), accuratamente levigati, anche lastre di arenaria che servivano ad impartire il taglio a tali stromenti.

A PAG. 24 e seguenti [La caverna Pollera, L'alpeggio] — «Vivono, scrisse DIODORO SICULO dei Liguri, una vita miserabile, tra le fatiche e le molestie continue di pubblici lavori, gli uni di essi tutto quanto il giorno impiegano a tagliar legname, a ciò adoperando forti e pesanti scuri, altri che vogliono coltivar la terra, debbono occuparsi in romper sassi, poiché tanto arido è il suolo che cogli strumenti non si può levare una zolla che con essa non si levino sassi. Però, quantunque abbiano a lottare con tante sciagure, a forza di ostinato lavoro, superano la natura, sebbene in tante fatiche sostenute, appena poi traggono uno scarso frutto; e l'esercizio continuo e il parchissimo nutrimento rendono macilenti e nervosi i loro corpi» (DIODORO SICULO, Biblioteca storica volgarizzata dal Cav. Campagnoni, tomo II, pag. 358).

A PAG. 26 [La caverna Pollera, 6° capoverso] — Non mancano residui facili a riconoscersi di siffatti accampamenti estivi. Chi scrive potè osservarne alcuni sul Giovo di Santa Giustina, nel territorio di Sassello e sopra Rossiglione.

A PAG. 28 [L'alpeggio, 3° capoverso] — Fra gli avanzi di pasto degli antichi abitatori delle caverne si rinvennero anche ossetti di pipistrello, che avevano subito l'azione del fuoco. Come sopravvivenza di un costume che risale certamente ad età remota, si può citare il fatto di montanari della Liguria occidentale, i quali non sdegnano di cibarsi di chirotteri e perfino di piccoli serpenti. L'uso di siffatte vivande non sembra in alcun modo giustificato dalla fame o dalla penuria.

A PAG. 31 [I funebri del guerriero, 3° capoverso] — I riti funebri dei cavernicoli furono desunti dalla esplorazione minuziosa di numerosi sepolcri, principalmente di quelli scoperti nelle spaziose grotte Pollera e delle Arene Candide. Si veda in proposito il libro dell'autore «Liguria Preistorica», vol. XL degli Atti della. Soc. Ligure di Storia Patria, Genova 1908.

A PAG. 32 [I funebri del guerriero, 3° capoverso] — Nelle tombe più antiche come nelle più recenti delle caverne, rimane sovente il residuo della tinta rossa di cui solevano ornare il volto dei morti. Inoltre è certo che i cavernicoli usavano fregiarsi di disegni rossi, ottenuti mediante stampi o suggelli di terra cotta, intinti nell'ocra stemperata, i quali, per la somiglianza loro con quelli adoperati dai Messicani, all'epoca della conquista spagnuola, furono designati dai paletnologi col nome di pintaderas.

A PAG. 35 [L'adunata, 4° capoverso] — I caratteri antropologici attribuiti al Nibbio corrispondono in parte, in quanto cioè si riferisce alla morfologia del cranio, alle particolarità proprie alla razza detta dagli antropologi francesi di CRO-MAGNON, dalla quale derivano indubbiamente i Liguri dell'epoca romana.

A PAG. 37 [I traffici, 2° capoverso] — La provenienza dei grani d'ambra rinvenuti nella caverna Pollera non è accertata, e potrebbe darsi che si trattasse di materiale raccolto nel Bolognese od anche nella stessa Liguria presso Mentone. Ritengo invece che gli esemplari, in maggior numero e più voluminosi, scoperti nella necropoli della via XX Settembre in Genova fossero tratti dalle rive del Mar Baltico. Questa necropoli risale almeno al terzo secolo prima dell'era volgare.

A PAG. 48 [Il sortilegio, 1° capoverso] — Nella toponomastica locale i nomi Lago delle Masche e Valmasca accennano ad antiche leggende relative alle streghe, come altri, per esempio Val d'Inferno e Picco del Diavolo, alludono probabilmente alla sede supposta di divinità infernali.

A PAG. 55 [Nuove minacce d'invasione, 8° capoverso] — Qui si allude alle misteriose incisioni, che coprono in gran numero le superficie rocciose levigate dagli antichi ghiacciai nelle alte valli di Fontanalba, d'Inferno, dei Laghi

Lunghi, Sono da consultarsi in proposito i lavori di CLUGNET, RIVIÈRE, CELESIA e quelli più recenti di BICKNELL.

A PAG. 56 [Nuove minacce d'invasione, 12° capoverso] — Nella così detta Valle delle Miniere, ove si trova il noto giacimento di Vallauria, memorie storiche e tradizioni antichissime accennano al fatto che l'estrazione di minerali metalliferi risale ad età assai remota.

A PAG. 57 [Nuove minacce d'invasione, 15° capoverso] — I castellari sono ancora ben conservati in parecchi punti del Nizzardo e del Principato di Monaco, ove furono enumerati e descritti dal Dr. GUEBHARD. Pochi se ne conoscono nelle provincia di Porto Maurizio e di Genova.

A PAG. 59 [Il conflitto, 1° capoverso] — Presso i casolari delle Manie si trovano i resti di due antichi ponti romani.

A PAG. 61 [I prigionieri, 5° capoverso] — Armassa è l'antica denominazione della caverna delle Arene Candide presso Final Marina.

A PAG. 65 [La pugna decisiva, 2° capoverso] — Ciascuna di tali mazze portava all'estremità un disco di pietra forato, dall'orlo taglientissimo, atto all'ufficio di scure. Frammenti di questi anelli, che erano levigati ed affilati con molta cura, si scoprirono nei depositi delle caverne. Armi identiche a queste sono adoperate attualmente dai Papuani.

A PAG. 74 [Singolar tenzone, 4° capoverso] — Il tipo fisico di Odè, delineato qui assai succintamente, corrisponde a quello che si ravvisa negli scheletri dei sepolcri più recenti esumati nelle caverne, specialmente nella grotta di Bergeggi (in dialetto Berzezzi).

A PAG. 76 [I Romani domano il nemico col fuoco, 1° capoverso] — Gli autori romani ripetono a sazietà, a proposito dei Liguri, che si nascondono nei boschi e nelle spelonche, talchè è più difficile ritrovarli che vincerli. Uno di questi scrive che molte volte saccheggiarono i territori occupati dai nemici senza voler combattere, quantunque fingessero di impegnar la zuffa, e soggiunge: Avendo i Romani mandato contro costoro Fulvio, egli scoprì con gran sagacia le spelonche e gli altri segreti rifugi in cui si nascondevano, e, chiuso col fuoco ogni varco, li abbruciò e così li vinse. (SALLUSTE, J. CESAR etc., trad. Nisard. p. 646, Paris, Firmin Didot, 1879).

A PAG. 79 [Il sacrificio propiziatorio e gli Apostoli, 2 e 3° capoverso] — Si desume dalle memorie di Tiziano, vescovo di Treviso, vissuto nel VII e nell'VIII secolo, che Vindemiale e Sant'Eugenio, reduci dall'Africa nel I secolo dell'era volgare, approdarono prima al castello Savense (la moderna Savona) poi al Vadense (al presente Vado), e colà convertirono, predicando, numerosi pagani. Si legge in una antica scrittura del Giudici intitolata Notizie storiche di Sant'Eugenio (Ancona, 1744), "che moltissimi di costoro, ingannati dal demonio, lasciando di adorare Dio creatore dell'universo, un'esecrabile bestia dentro una spelonca, con vanissimi sentimenti adoravano, e con sacrilego scelleratissimo rito gli offrivano ogni giorno vittime e sacrifizi". Aggiunge l'autore che, ciò essendo venuto a cognizione dei due vescovi, questi, armati del segno della croce, si accostarono intrepidi e pieni di fiducia alla spelonca in cui stava la bestia e postevi sopra le mani, la legarono colla stola e la precipitarono in mare.

L'unica grotta che si apre in riva al mare in prossimità di Vado è quella situata a poche centinaia di passi dalla borgata di Berzezzi; orbene in questa cavità, assai capace, furono scoperti non è molto sepolcri di tipo neolitico, ciascuno dei quali conteneva il proprio scheletro, accompagnato da ascie di pietra verde levigata, fittili, frammenti di bronzo e di vetro. Si vedano in proposito una nota del Dr E. MODIGLIANI (Archivio per l'Antrop. e l'Etnog., vol. XVI, Firenze 1886) ed altre stampe.

A PAG. 81 [Il Battesimo, 1° capoverso] — Il tempio pagano adibito più tardi al culto cristiano, tempio al quale si fa allusione, è l'odierno Battistero d'Albenga.

A PAG. 82 [Il Battesimo, 3 e 4° capoverso] — Il rito battesimale qui descritto è conforme a quello che era vigente in Liguria nei primi tempi del Cristianesimo.

A PAG. 83 [Il Battesimo, 4° capoverso] — La tomba della fanciulla Maia Paterna, scoperta nella necropoli romana di Ventimiglia ed illustrata da GEROLAMO ROSSI, attesta come fin dal I° secolo della nostra era cominciasse a professarsi il Cristianesimo presso gli Intemelii. Vedasi il volume XXXIX degli Atti della Società Ligure di Storia Patria, Genova, 1907.